Galsan
Tschinag

Dojnaa

Zu diesem Buch

Schon in der Hochzeitsnacht wird den beiden klar, dass diese Ehe ein Missverständnis ist: Die starke Dojnaa und der schmächtige Waise Doormak passen nicht zusammen. Dojnaa gibt sich alle Mühe, Doormak zu lieben, und als der ihr unterlegene Doormak beginnt, Bestätigung bei anderen Frauen und bei seinen Trinkkumpanen zu suchen, bleiben ihr immerhin die Kinder. Erst wie er eines Tages ganz wegbleibt entdeckt sie ihre Unabhängigkeit und stellt fest, dass es nicht unbedingt die Ehe braucht, um Liebe und Glück zu finden.

Dojnaas Geschichte, auf den ersten Blick fern und fremd, überwindet alle Grenzen und wird zur eindringlichen und heutigen Erzählung über die Sehnsucht nach Liebe und Erfüllung.

»Zur gleichen Zeit, wie die bekannt geglaubte Muttersprache dem deutschen Leser neue Züge offenbart, wird die fremde Welt der tuwinischen Nomaden ganz vertraut. Um das zu erreichen, erlaubt sich Tschinags Körper-Sprache keine Verklemmtheiten.« *Mareile Ahrndt, Financial Times Deutschland*

Der Autor

Galsan Tschinag, geboren 1943 in der Westmongolei, ist Stammesoberhaupt der turksprachigen Tuwa. Er lebt den größten Teil des Jahres in der Landeshauptstadt Ulaanbaatar und verbringt die restlichen Monate abwechselnd als Nomade in seiner Sippe im Altai und auf Lesereisen im Ausland. Seine Romane, Erzählungen und Gedichte schreibt er meist auf Deutsch. Galsan Tschinag erhielt u. a. 1992 den Adelbert-von-Chamisso-Preis und 2001 den Heimito-von-Doderer-Preis. 2002 wurde ihm das Bundesverdienstkreuz verliehen.

Im Unionsverlag sind außerdem lieferbar: »Das Ende des Liedes«, »Die Karawane«, »Tau und Gras«, »Der Wolf und die Hündin« und »Im Land der zornigen Winde« (mit Amélie Schenk).

Galsan Tschinag

Dojnaa

Unionsverlag
Zürich

Die Originalausgabe erschien 2001
im A1 Verlag, München.

Im Internet
Aktuelle Informationen,
Dokumente, Materialien
www.unionsverlag.com

Unionsverlag Taschenbuch 307
Diese Ausgabe erscheint mit freundlicher Genehmigung
des A1 Verlags, München
© by A1 Verlags GmbH 2001
© by Unionsverlag 2004
Rieterstrasse 18, CH-8027 Zürich
Telefon 0041-1-281 14 00, Fax 0041-1-281 14 40
mail@unionsverlag.ch
Alle Rechte vorbehalten
Umschlaggestaltung: Vanina Steiner, Zürich
Umschlagfoto: Ulrike Ottinger
Druck und Bindung: Clausen & Bosse, Leck
ISBN 3-293-20307-8

Die äußeren Zahlen geben die aktuelle Auflage
und deren Erscheinungsjahr an:
1 2 3 4 5 - 07 06 05 04

Der nomadischen Frau,
auf deren Schultern das Geschick
einer untergehenden Welt ruht

Doormak kam nicht. Dafür kam der Abend, darauf die Nacht und schließlich der Morgen, der seine Weile dauerte, bis er vor dem Tag stand, verblasste und sich darin verlor. Dieser, der neue Tag, wirkte gewaltig zunächst, deutete auf eine lange Strecke hin, erschöpfte sich dann jedoch vorzeitig und endete kläglich unter dem Abend, der seinerseits eilig und mächtig hereinbrach. Der Morgen, der Tag, der Abend und die Nacht lösten einander in eherner Folge ab, kamen und gingen wieder und wieder. Dabei wurden die Tage immer kürzer und die Nächte länger.

Der Winter kam. Und er war ein ungewöhnlicher: Schnee fiel zwar häufig, aber nur in spärlichen Mengen, wie lichter Raureif fast, und auch der Wind blieb jedes Mal aus; so stand die Luft mild. Was Dojnaa ein wenig tröstete, denn das Winterwetter hätte, so wie es bisher war, nicht besser ausfallen können für die Jagd. Nun, es war nicht das Richtige für das Vieh, und wenn da etwas verkehrt ging, dann waren sie und ihre Kinder natürlich auch betroffen, denn sie besaßen schließlich ein paar Yaks und Pferde. Doch was sollte das Gerede vom Wetter, von der Jagd und vom Vieh, wenn der Mann seine Frau und seine Kinder verlassen hatte und sich nun schon seit so vielen Tagen und Nächten draußen in der Welt herumtrieb und möglicherweise bei wildfremden Leuten aufhielt!

Anfangs hatte sie nicht glauben können, dass er wahr machen würde, was er ihr angedroht hatte, obwohl er beim Wegreiten gesagt hatte, diesmal ginge er endgültig. Sie hatte gedacht, er würde, wenn der Zorn verflogen war, in ein, zwei Tagen zurückkommen, so wie er es schon einmal getan hatte. Dann aber, als er nach zwei, vier, nach zehn Tagen immer noch nicht kam, musste sie an seine Worte glauben. Dennoch vermochte sie nicht zu fassen, dass man seine Jurte mit Frau und Kindern darinnen und mit dem Vieh draußen einfach stehen lassen und weggehen konnte.

Da hatte sie längst ihre liebe Not mit den Kindern, die ständig wissen wollten, wohin der Vater gegangen sei, warum er so lange wegbliebe und wann er denn endlich wiederkäme. Auch war es schwer wegen der Nachbarn, einem kinderlosen Ehepaar in vorgerücktem Alter.

Die Frau, Tante Anaj, war ohnehin eine etwas seltsam geratene Person, und nun wurde es schlimm mit ihrer Neugier. Dojnaa wusste bald nicht mehr, wie sie sich der Fragen erwehren sollte, die immer tiefer bohrten und unaufhörlich Salz auf ihre Wunden streuten.

Und der Mann, Onkel Ergek, wahrte unerschütterliches Schweigen, was ihr mit der Zeit bald auch zu viel wurde. Nicht etwa, weil er ein unangenehmer Mensch gewesen wäre. Nein, im Gegenteil: Er war die Freundlichkeit und Hilfsbereitschaft in Person. Und genau das war es. Dojnaa wurde angesichts der stillen, ständig hellwach lauernden, sie und ihre Kinder umschleichenden Güte immer unsicherer.

Nun aber, nach einem reichlichen Monat, wusste man, es war endgültig. Und diese Erkenntnis hinterließ Öde in ihrer Brust. Es war, als ob ein Sturm durch den Hohlraum hinter den Rippen gerast wäre und dabei Herz und Lunge weggerissen und davongefegt hätte. Erschüttert und entmutigt horchte sie in sich hinein und stieß auf schmerzhafte Stockungen, auf Spuren einer Verwüstung, war sie doch kein junges, dummes Ding mehr, das in eitlem Glück geschwelgt hätte, nicht, als der Mann wegritt, und auch vorher nicht. Das, was vom Leben bevorzugte Menschen Zuneigung, ja hochtrabend gar Liebe nannten, kannte sie nicht und war auch keineswegs erpicht darauf, es kennen zu lernen. Sie hatte ihre Gründe dafür. Denn sie sah doch, wie dumm manchmal zwei Menschen dastanden und sich gern wieder voneinander losgerissen hätten, obwohl sie vorher aufeinander zugeflogen waren, sehr oft gegen einen hohen Preis in Gestalt von vorsätzlichen Zerstörungen und bitterer Mühsal. Und was das Eheleben betraf, so hatte sie ein einfaches, handfestes Verständnis von den Tieren nebenan übernommen: Jedes Männliche passte zu allem Weiblichen und jedes Weibliche zu allem Männlichen.

Sie wusste nicht, wann sie zu dieser Ansicht gelangt war, durch die eigene Erfahrung erst oder früher durch Beobachtungen. Vermutlich musste das Letztere der Fall gewesen sein, denn die Ehe hatte sie damals, die Siebzehnjährige vor dreizehn Wintern, weder begeistert noch erschreckt. Sie war ihr zunächst als eines der gewöhnlichsten und darum gerade harmlosen Dinge vorgekommen, als sie am Horizont ihres Lebens auftauchte. So hatte sie sich ihr gegenüber gleichgültig verhalten, hatte nicht aufgepasst, geschweige denn sich dagegen gewehrt. Das konnte gut der Grund dafür gewesen sein, weshalb sie mit einem Mal dicht und wehrlos davor stand, ohne jeglichen Ausweg. Und als es so weit war, musste sie sich einfach fügen.

Das alles hatte belanglos und mit einem Spiel begonnen, das eine ältere, schlaue Frau mit ihr, der Ahnungslosen, trieb. Der Sinn des Spiels, das seinen Anfang mit einem Wortspiel nahm, auf die ähnlich lautenden Namen gemünzt, und sich schnell in ein Gedankenspiel steigerte, bestand wohl darin, Gemeinsamkeiten und Unterschiede bei ihr, der flinken, wagemutigen Dojnaa, und einem bedächtigen, verschlossenen Burschen aus dem Nachbartal, dem um vier Jahre älteren Doormak, aufzudecken. Der nähere Sinn des Spiels lag darin aufzuzeigen, so könnten sich zwei Menschen zusammentun und einander ergänzen. Der tiefere Sinn jedoch war: ob sie, Dojnaa, etwas gegen jenen und ein Leben mit ihm unter einem Dach hätte? Also war das Ganze ein Heiratsangebot! Dojnaa wusste nicht, was sie darauf sagen sollte. Sie kannte die Spielregeln nicht, also schwieg sie.

Das war nicht richtig. Denn die Werbende sah in dem Schweigen etwas anderes, gar ein: Sie wäre nicht abgeneigt. Was in gewisser Weise sogar stimmte, denn sie hatte nichts gegen den Burschen. Weiter hatte sie allerdings in dem Augenblick einfach nicht denken können.

Die Nachricht musste sich auf schnellen Beinen davongemacht haben. Lange bevor die, um die es ging, sich selber dessen, was ihr bevorstehen sollte, bewusst werden konnte, glaubte die Mitwelt alles zu wissen und sich befugt, darüber zu urteilen. Man klatschte und tratschte, tat aufgeregt, als wäre etwas Unerhörtes im Gange, als hinge das Wohl und Weh eines jeden davon ab. Denn die zwei als ein Paar zu sehen, das wollte keinem so recht in den Sinn. Der Grund dafür lag zunächst nur im rein Äußerlichen: Die Braut war körperlich größer geraten als der Bräutigam, sie überragte ihn nicht nur um einen halben Kopf, sondern war auch um Etliches breiter an den Schultern und um die Hüften. Schuld daran war offensichtlich ihr Vater. Er war ein Riese und hatte die Kraft eines Bären, hieß aber Elefant. Das war sein Titel, denn er war ein Ringer, der jahrelang fast alle Kämpfe bei unzähligen kleinen und großen Festen gewonnen hatte. Dieser Titel eben hatte mit der Zeit den Namen verdrängt, also wurde immer und überall dort, wo der kräftige, berühmte Mann gemeint war, das fremdländische Tier herbeigerufen, von dem man außer dem Namen nichts wusste, aber annahm, es wäre groß und stark. Entsprechend wurde Dojnaa mal Elefanten-Kind, mal Elefanten-Tochter und von manchen Frechen sogar Elefanten-Kalb genannt.

Aber das war wohl nicht das Einzige, was sie in den Augen und im Bewusstsein der Mitwelt zu einem etwas sonderbaren Geschöpf werden ließ. Es musste auch die Lebensweise gewesen sein, die sie neben dem Vater zu führen hatte. Denn er war nicht nur der gefeierte Ringer, sondern auch ein sehr geschickter Jäger. Außerdem war ihm die Frau früh verstorben. So stand ihm sein einziges Kind von klein auf zur Seite, lernte alles von ihm, auch das Jagen. Schon damals hieß es, sie wäre so vortrefflich im Schießen, dass sie den Vater bereits überträfe.

Als Dojnaa erfuhr, wie es um ihren Namen stand, waren die Vorbereitungen für die Hochzeit längst im Gange. Das kam ihr seltsam vor, ein wenig zum Lachen fast. Sie bedauerte es leise, dass sie sich nicht klar geäußert hatte. Was sollte sie nun tun? Sie schaute auf die Menschen ringsum, die angefangen hatten, eine neue Jurte anzufertigen und einzurichten. Sie erschrak und stand entmutigt da. Dann aber dachte sie trotzig: Warum sollte sie eigentlich nicht heiraten, wo es doch alle, fast alle Mädchen taten? Die wenigen, die nicht dazu kamen, waren die Sitzengebliebenen! Und warum sollte der Mann, mit dem sie Jurte, Vieh und Bett zu teilen hatte, nicht Doormak sein, der zwar nicht mehr, aber auch nicht weniger aufzuweisen hatte als die anderen jungen Burschen ringsum?

Ja, sie fand sogar Gefallen daran, wie er im Leben stand: ein Vollwaise, der seit vielen Jahren nun schon bei einer Tante untergebracht war. Dass er weder Eltern noch Geschwister noch Vieh besaß, erschien ihr in Ordnung. Umso besser, dachte sie und versuchte, die Glut des Trotzes in sich zu schüren und zu einem Feuer zu entfachen. Je kleiner die Verwandtschaft, umso geringer womöglich später auch die Reibereien und Streitereien! Und keiner, aber auch keiner würde schließlich behaupten können, die Tochter des Elefanten hätte ihn wegen der Aussicht auf zusätzlichen Besitz und Ruhm geheiratet! So ging sie bedenkenlos in die Ehe, mit so manchen selbst gestrickten Rechtfertigungen, zumal sie von Seiten ihres Vaters eine kleine Bestärkung erhielt. Vielleicht, so sagte dieser, passe dieser Waisenjunge sogar zu seiner Waisentochter.

Sie fand das Eheleben, wie sie es erwartet hatte: angemessen und letzten Endes auch erträglich. Doch gleich am Anfang war die Bemerkung Doormaks gefallen, er fände es komisch.

Was heißt hier es?, fragte sie.

Dass wir zwei zueinander Mann und Frau sein sollen.

So?, hielt sie inne. Du hast es doch gewollt!

Nein, sagte er kühl. Die Tante war es. Und du warst es auch!

Ich war es auch?, fuhr sie hoch. Wie kommst du darauf? Habe ja gar nicht zugesagt, als mir das Angebot gemacht wurde!

Du hast es nicht getan? Ich auch nicht!, kam er ihr eilig entgegen. Dann nahm er von neuem Anlauf: Du hast zwar nicht Ja, aber auch nicht Nein gesagt. War es so?

Ja, gab sie leise zu.

Siehst du!, rief er wie erleichtert aus. Ich aber habe getobt und gesagt: Was soll ich neben der? Ich werde blöd dastehen wie ein Bullenjährling zu einer ausgewachsenen Kuh!

Das hast du gesagt?

Ja!

Und dann hast du trotzdem nichts gesagt, als man daranging, die Jurte zusammenzutragen?

Warum sollte ich da was sagen? Wo ich doch wusste, ich würde so oder so bald heiraten.

Also doch mich?

Nein, irgendeines der vielen heiratsfähigen und -lustigen Mädchen von hier, eines, das zu mir passt.

Und es fand sich keines so schnell?

So ist es. Manch eines, das gern gekommen wäre, sagte denen nicht zu, die an der Jurte hantierten. Und außerdem hörte man von dir, dass du tüchtig zur Hochzeit rüsten würdest.

Das war gemein von Doormak, gewiss. Denn es geschah gleich in der ersten Nacht. Die Hochzeit war vorüber, die letzten Gäste hatten die Jurte verlassen. Dojnaa hatte die schweren Kopf-, Ohr- und Halsgehänge abgelegt und stand zögernd vor dem schmucken, laden- und nadelfrischen Bett mit den beiden davor angebrachten Vorhängen. Wahrscheinlich musste es zum Schlafen noch hergerichtet werden. Nun war sie erst recht ratlos, war so verwirrt, dass sie gegen die Tränen kämpfte. Aber es war schon gut so, wie es eben gekommen war. Denn sie wusste endlich, woran sie war. Es zeugte schließlich auch von seiner Ehrlichkeit und war vielleicht nicht ganz so ernst gemeint, denn er hatte sie ja zum Schluss doch genommen, hatte sie nicht etwa stehen lassen mit all ihren Sachen, über denen sie viele Tage und Nächte lang hatte sitzen müssen, bis sie fertig genäht und gebastelt waren.

So wie er ihr die Hochzeit überlassen hatte, so überließ er ihr jetzt auch das Bett. Denn er sagte, es sei spät geworden, sie sollten sich hinlegen und zur Nachtruhe begeben. Worauf sie erleichtert nach der glitzernden Betthülle griff, sie an einem Zipfel zurückschlug und die kunstvoll gefaltete und zu einem Türmchen gestapelte Schlafdecke mit dem Kopfkissenpaar darüber auseinander brach. Er zog sich rasch aus, bestieg sogleich das straff gespannte, schneeweiße Laken, kroch geräuschvoll unter die soeben entfaltete, ebenso weiße, grell strahlende Decke und streckte sich genüsslich aus. Sie nahm sich Zeit mit dem Entledigen ihrer Kleider, machte mittendrin das Licht aus, und als sie dann nur in Unterwäsche stand, fragte sie mit zittriger Stimme halb flüsternd, ob sie auch ins Bett kommen solle. Doormak gab sich ungehalten: Hast du etwa gedacht, die Hochzeit ist gewesen, damit du als Hütemädchen die rechte untere Jurtenseite einnimmst?

Darauf hatte sie nichts zu erwidern, bestieg behutsam das Bett, streckte sich entlang des Randes aus und blieb still liegen.

Er zog sie zu sich und flüsterte ihr ins Ohr: Wir wollen doch zu Mann und Frau werden, Mädchen.

Das löste in ihr eine prickelnde, wärmende Dankbarkeit ihm gegenüber aus. Da fragte er, ob sie bereits eine Frau sei.

Sie überlegte eine Weile und fragte schließlich zurück, ob er denn schon ein Mann sei.

Ja, sagte er selbstsicher.

Jetzt verstand sie und sagte, sie sei auch schon eine Frau.

Schade!, ließ er von sich hören, fragte darauf aber scharf: Womöglich bist du schon schwanger?

Nein, sagte sie bestimmt.

Aber er schien es ihr nicht so schnell abnehmen zu wollen und bohrte weiter: Und wann ist das gewesen?

Vor zwei Jahren, im Frühherbst.

Kenne ich den Glücklichen, der dich einweihen durfte?

Ich glaube nicht. Kannte ihn selber nicht. War auf der Jagd. Mit einem Mal stand er vor mir. Auch ein Jäger, vielleicht von weit her.

Und du hast dich nicht gewehrt?

Sinnlos. Er war riesig. Und mordsstark.

Also war es auch schön!

Scheußlich war es! In Tränen und Rotz lag ich.

Es hat also wehgetan?

Das auch. Aber noch schlimmer war der Schreck, den er mir eingejagt hat. Nächtelang musste ich darauf gegen Albträume kämpfen.

Du hättest ihn hinterrücks erschießen sollen, während er gesättigt von dir ging!

Einen Menschen erschießen? Deswegen doch nicht!

Dann ist es doch schön für dich gewesen!

Nein!

Darauf trat drückende Stille ein. Beide lagen erloschen und verschreckt und atmeten schwer, aber leise, fast verstohlen. Dabei berührten sie einander kaum. So verging eine quälend lange Weile. Er war es, der sich schließlich aus der Erstarrung löste und in die Stille einbrach. Er wandte sich ihr zu und ging sie zaghaft an. Dafür war sie ihm erneut dankbar. Schlimm wäre es gewesen, wenn er sie hätte liegen lassen, unberührt die ganze Nacht über. Nein, das tat er nun doch nicht, fasste sie da und dort an, schob die Leibwäsche auseinander und drang an ihre Blöße heran und schließlich auch noch in ihre Falten ein. Sie zuckte und zitterte zwar jedes Mal, wenn seine Finger über ihren enthüllten Körper weiterglitten, eine weitere unbekannte Bewegung machten. Sie ließ aber alles geschehen, war entschlossen, es, was es auch sein mochte, über sich ergehen zu lassen und tapfer auszuhalten. Nun musste sie erfahren, es war nicht halb so schlimm wie damals. Und das tröstete und erfüllte sie mit einer befreienden Erleichterung. Doch Doormak schien unzufrieden, verharrte in eisigem Schweigen, als er wieder ausgestreckt neben ihr lag. Den Grund dafür sollte sie erst mit der Zeit erfahren.

Er war enttäuscht, eigentlich von sich selber. Doch dieses sich selbst gegenüber einzugestehen, fiel ihm schwer. Denn das soeben Gewesene mit der Frau, mit der er ein Leben zu verbringen in Aussicht hatte, war nichts anderes als die Bestätigung jener Angst, die er schon öfters, einer schmerzenden Wunde gleich, in sich gespürt hatte. Ja, so oft ihm der Gedanke an die Tochter des Elefanten im Kopf erwacht war, hatte er dieses Unbehagen gefühlt. Schon beim bloßen Auftauchen ihres Bildes drohte er zu schrumpfen. Hügelig und unheimlich stand sie inmitten seiner Gedanken. Allein wie sie aussah, war schon eine Zumutung, schien sie doch aus der Lärchenhöhe auf ihn hinabzuschauen. Wie zwergenhaft kam er sich vor. Das ergrimmte ihn. Und insgeheim war er erfüllt von dem sehnlichen, zehrenden Wunsch, es der Unverschämten heimzuzahlen, deren frech-stolze Erscheinung einschüchternd wirkte und damit ihn, den Mann, erniedrigte! Und so rief er sich eine Strophe ins Gedächtnis und hielt sie ihr entgegen, wie man sich mit einem Umhang des eisigen Windes erwehrt:

> Sieht mein Sattel auch abgenutzt aus
> Kommt er doch auf dich, Fohlen
> Sehe ich Mann auch kläglich aus
> Komme ich doch auf dich, Mädel …

Und sieh da, das bestärkte ihn so sehr, dass er sich schwor, es der Tochter des Elefanten zu zeigen. Das hieß in aller Klarheit, er wollte ihr früher oder später ans Fell, an die armselig nackte, zuckende Haut rücken, sie in ihrem erhabenen Stolz treffen und von seiner Männlichkeit überzeugen, ja, er wollte sie brechen. Ganz so, wie er mit manch anderer schon verfahren war. Damit hatte er wie die meisten aus der Herde der heranwachsenden menschlichen Böcke, Bullen und Hengste sein zweifelhaftes Häuflein Erfahrung. Bei so manchen Frauen hatte er Erfolg gehabt, einige von ihnen waren junge, schmächtige, da und dort sogar unberührte, zerbrechliche und zittrige Mädelchen gewesen. Jedes Mal, wenn er verrichteter Dinge aufstand und gesättigt und gedämpft davonging, fühlte er ein betörendes, benebelndes Behagen, das sich im Ausmaß jedoch von Fall zu Fall unterschied. Mal kam er sich wie ein Bock, mal wie ein Bulle, und einmal, ein heiliges Mal endlich, wie ein Hengst vor.

Und dies hing ausschließlich von der Haltung seines jeweiligen Opfers ab. Je mehr es sich von dem, was er ihm antat, betroffen zeigte, das heißt, je mehr Gestöhn und Gewimmer er zu hören bekam, umso wohler fühlte er sich, bestätigt in seiner Männlichkeit. Dieser Überzeugung folgend, überlegte er, wie er das Rasseweib am besten angehen, sie überraschen und überwältigen könnte. Dabei wünschte er sich, sie wäre noch Jungfrau, schamhaft und ängstlich. Oh, dann wüsste er sie schon zu behandeln! Voller Ungeduld beschwor er im Geiste die Stunde herbei, die sie ihm in die Schenkel auslieferte: Sie lag unter ihm mit vor Scham brechenden Augen, mit von Schmerzen verzerrtem Gesicht, bebte in Krämpfen, wimmerte und winselte, zog sich zusammen und versuchte, ihm zu entkommen, er aber blieb unnachgiebig, drückte erbarmungslos mit allem Gewicht des Körpers und aller Kraft der Muskeln dagegen, war ein berstendes Bündel aus Sehnen und Knochen, ein fliegender Pfeil, zielend auf sie, auf den Sitz ihrer plumpungelenken, nichtsnutzen Jungfräulichkeit, mit der ehernen Gewissheit, sie demnächst zu erreichen und zu durchschlagen, auf dass sie vernichtet und geboren ward als Frau, die ihm, dem Mann, mit der Treue eines Hundes und der Liebe einer Mutter fortan dienen würde.

Je öfter er dieses Bild herbeirief und je länger es vor seinen erwachten Sinnen stand, umso genussvoller wirkte es auf ihn. Während das Opfer schrumpfte, schwoll er, dessen Bezwinger, an. Wie ein Hengst trieb er es wahrlich toll, so gewaltig, wie mit noch keiner bisher.

Doch, ach, zwischendurch gab es auch Augenblicke, die ungeeignet schienen für ein derart süßes Hirngespinst. Er spürte Zweifel, die er vergeblich zu verdrängen versuchte.

Nun war die ersehnte, gefürchtete Stunde vorüber. Eine Niederlage hatte er geerntet bei der Schlacht, die er sich lange genug ausgemalt und soeben ausgefochten hatte. Er sah sich kleiner als je zuvor, fühlte sich nichtig und schuldig vor sich und der Welt. Er begriff jedoch: Es hatte keinen Sinn, sich verstecken zu wollen vor dem, was schon da war und ihn aus nächster Nähe schonungslos anstarrte. Das beschämte, vernichtete und erboste ihn. Und das führte dann dazu, dass er beschloss, das Weib anzugehen, das ihm die Niederlage beigebracht hatte und nun, wie ihm schien, protzig und seelenruhig dalag, bereit, weitere Gefechte auf sich zu nehmen.

Er fühlte sich dazu gedrängt, die verlorene Schlacht wieder aufzunehmen und woanders toben zu sehen, ohne Hoffnung auf einen Sieg, aber auch ohne Angst vor einer weiteren Niederlage. Und so war es ein Schritt aus schierer Verzweiflung. Sollte jedoch ein kleiner Sinn dahinter gesteckt haben, dann wohl dieser: Er konnte weder sie in ihrem Sieg belassen, noch selbst unter der Niederlage darben, wollte sich dabei wenigstens in seiner Bosheit steigern, sich als Messer wetzen, als Gewehr laden. Er musste seine Bezwingerin inmitten ihrer wohligen Ruhe irgendwie aufschrecken und sie verletzen.

Also sprach er: Ich sehe, ich bin einfach zu wenig für dich!

Sie begriff nicht. Versteifte sich verwirrt, schnaufte und hielt inne.

Das reizte ihn und er fuhr sie an: Hej, hast du gehört, was ich gesagt habe?

Ja, antwortete sie gehorsam und horchte weiterhin gespannt.

Glaubst du es denn nicht auch?

Ich weiß nicht, was du meinst.

Ich mühe mich ab und will vergehen, du aber liegst da wie eine ausgebreitete Matte und scheinst nicht einmal zu merken, was darauf los ist!

Habe ich etwas verkehrt gemacht?

Nein! Kannst ja nichts verkehrt machen. Bist doch keine Unberührte mehr, du Frau mit Erfahrung, plattgewalzt von einem Riesen sogar!

Allmählich glaubte sie, verstanden zu haben, was er meinte. Doch wusste sie nichts darauf zu erwidern. Noch weniger wusste sie, wie sie sich künftig verhalten sollte. Stöhnen und zittern vielleicht wie eine Jungstute unter einem ausgewachsenen Hengst? Oder es gar einer Hündin gleichtun und winseln? Aber da wäre der Rüde doch noch schlimmer daran, würde von ihr fortgezerrt und -geschleift, jaulend und winselnd dabei wie am Spieß! Dieses Bild war es vielleicht, warum ihr Tränen in die Augen schossen. Eine Weile flossen sie still, doch dann begann sie zu schnauben, wurde immer lauter und schluchzte. Sie weinte lang und ungehemmt.

Das war vorerst ihre Rettung, denn irgendwann hielt er es nicht mehr aus und mahnte sie, damit doch aufzuhören. Als dies nicht half, ging er dazu über, sie zu trösten. Dabei musste er sie wieder berühren, an der Schulter anfassen und den bebenden Körper schütteln. Da empfand sie ihm gegenüber abermals Dankbarkeit. Nun aber war es eine verzeihende und ergebene. Und während sie, wieder beruhigt und nun ihm zugewandt, dalag, war sie mit ihren Gedanken auf Suche. Diese zielte auf etwas, das ihr unbekannt war, von dem sie aber annahm, es könnte den Mann, der seit Stunden ihr Ehemann war und es bleiben würde, solange ihr Leben währte, bei guter Laune halten, jedes Mal, wenn er sie nähme. Und sie war durchaus gewillt, sich seinem Willen zu fügen, einem Pferd gleich, das wieder und wieder unter den Sattel kam.

Auch er lag wach, mit seinen Gedanken beschäftigt. Ihre Tränen hatten ihn überrascht, ein wenig getröstet und auch erweicht, zunächst. Er fand die schluchzende Frau seltsam. Kaum vereinbar mit ihrer Erscheinung und auch mit dem, was kurz vorher passiert war und ihn schwer getroffen hatte. Aber Tatsache blieb, die Frau weinte, schien sich in Tränen auflösen zu wollen.

War denn der hügelige Körper mit den prallen, schweren Gliedern in seinem Kern doch weich? Wohl ja. Und auch schwach! Diese Erkenntnis war ihm wichtig, gab ihm Halt und bestätigte ihn in seinem ehrgeizigen Anliegen als Mann. Er überlegte sehnsüchtig, ob es möglich wäre, diese Person noch weicher zu klopfen und geschwächter zu sehen inmitten ihres plump-stolzen Gestells. Und irgendwann glaubte er, herausgefunden zu haben, dass und wie es möglich wäre: zu ihr so rau zu sein wie die Kiessteppe, unberechenbar wie das Frühjahrswetter und unnachgiebig wie männlich schwarzes Leder. Könnte er dies wirklich, so würde sie eines nahen Tages in ihrer alten Haut beschämt schlottern und jedem Zug seiner Laune hinterherschnellen. Ja, dachte er selig, während er spürte, wie sich der Schlaf, Nebelschwaden gleich, auf ihn heruntersenkte und ihn umhüllte. Dann würde ein jeder wissen, endlich, was für ein toller Kerl doch in ihm steckte!

Als sich dieser Gedanke der Rinde seines beruhigten und benebelten Hirnes abschälte, war ihm die inzwischen wieder friedlich atmende Frau nebenan entrückt, da sie längst gezähmt war. Sein Wille, der nun erst recht erwacht und gefüttert war, galt jetzt anderen, den nächsten und kommenden, und das waren viele.

Die Kunde über die bevorstehende Heirat der beiden hatte die Seelen arg gereizt, hatte sie lang und hartnäckig beschäftigt. Auffallend war dabei, dass sie immer zuerst genannt wurde, sie war die tragende Person des Gerüchts, das von Ail zu Ail, von Jurte zu Jurte mund- und ohrfrisch getragen wurde, und er war wohl lediglich ein Anhängsel. Es hörte sich so an, als würde sie ihn, nicht aber auch ein bisschen er sie heiraten. Zumindest nahmen seine Ohren, die übrigens etwas schwer hörten, so den Kern der Späße auf, die mit ihm getrieben wurden.

Sag mal ... So fingen die neckenden Fragen meistens an.

Sag mal, du willst bei der Tochter des Elefanten klettern lernen, nicht?

Sag mal, es verlangt die Elefantenkuh nach einem Bullen, wenn er auch nur ein Yak ist, oder?

Sag mal, hast du dich vorher vergewissert, was sie mit dir vorhat: heiraten oder adoptieren?

Pass nur gut auf, Junge, dass du im Elefantenbrunnen nicht verschwindest wie ein Frosch im Wiesenteich!

Wie hast dus denn erreicht, Mann, dass die junge, stolze Elefantin ausgerechnet dich erhört? Du musst in einer gewissen Beziehung gewaltig sein, stark wie ein Eselshengst!

Es waren in der Mehrzahl junge Männer, die sich so über ihn ausließen. Dann waren es aber auch Frauen, und diese waren fast ausschließlich solche, mit denen er irgendwann ein kleines, vorübergehuschtes Verhältnis gehabt hatte. Da nun die Sitten so waren, musste er das alles still über sich ergehen lassen. Manch einen vermochte er nicht zu verstehen, da ein Wort oder eine Silbe seinem schwachen Gehör entging. Wohl war da etwas besonders Gemeines am Platz, wenn es im Flüsterton ausgesprochen werden sollte. Aber auch so fand er es verletzend genug.

Doch den Neid hörte er deutlich heraus, und das war auch der Grund, weshalb er bei den Neckereien ruhig blieb und meistens sogar mitlachte. Nur einmal versagten ihm die Lachmuskeln, und da schleuderte er zwei yakknöchelgroße Steine nach dem Drecksmaul und ging mit einem dritten, nun erheblich schwereren und kantigen Brocken auf ihn los. Der Witzbold war zu Tode erschrocken, fiel auf den Rücken, kreischte und bettelte um sein Leben. Und Doormak fiel es schwer, den Stein, der den menschlichen Körper an beliebiger Stelle hätte zerschmettern können, wieder aus der Hand zu legen. Das bekamen wohl die anderen mit, denn keiner wagte darauf, auch nur ein scherzendes Wort in die Runde zu bringen. Auch musste es sich später herumgesprochen haben, denn ihm kam es so vor, als hätten sich die blöden Neckereien endlich gelegt.

Dafür bekam er andere Dinge zu hören, die nun sein schwaches Gehör betrafen. Man war gewarnt vor ihm: Schwerhörige Menschen seien gefährlich wie angeschossene Raubtiere, da sie sich wegen ihres Gebrechens ständig benachteiligt fühlten gegenüber den Gesunden und deshalb unter seelischem Druck stünden. Bin ich denn etwa ein Behinderter, gar ein Krüppel, dass ich solches denke, entrüstete er sich und spürte dabei bittere Kränkung, die ihn allmählich dauerhaft belastete.

Dieses ungute Gefühl blieb ihm und hatte sein Gewicht, sobald er an die Heirat dachte, die ihm bevorstand. Scham,

Angst, Neugier, Trotz, Verachtung und Hass bemächtigten sich seiner abwechselnd, wenn er grübelte und das Für und Wider abwägte. Schließlich schien der Trotz überhand zu nehmen. Er wollte möglichst vielen der Widersacher, Neider und Verleumder zusetzen, allen voran aber dem Weib, das es sich offensichtlich in den Kopf gesetzt hatte, ihn zu nehmen, aus welchem Grund auch immer. Er widersetzte sich deshalb dem Willen der Verwandtschaft nicht länger und verhielt sich still, als die Jurte zusammengetragen wurde, in der er bald neben der Tochter des Elefanten wohnen und vermutlich auch Kinder zeugen würde.

Die Neckereien, die einfach dazu gehörten, wenn zwei heirateten, machten auch um Dojnaa keinen Bogen. Sie war ihnen von Anfang an ausgesetzt. Sag mal, was willst du dem kleinen, schiefköpfigen Neffen der Tante Üüshej beibringen: das Wachsen oder das Ochsen? Solche und ähnliche Fragen wurden tagtäglich zungenwarm aufgetischt. Sie wusste sie ebenso scherzhaft zu erwidern und erntete dafür wohl wollendes Gelächter, an dem sie sich dann herzlich gern beteiligte.

Aber nicht jede Bemerkung war harmlos. Manch eine enthielt schon Gift. Doch sie machte sich nichts daraus. Vielleicht deshalb, weil bei all dem stets sie die Person war, die günstiger im Lichte stand gegenüber der, die jene undankbare Rolle hatte, durch den Schatten gezogen zu werden?

Doch der wahre Grund lag woanders. Sie war aus anderen, aus gröberen und festeren Fäden gewoben als Doormak, sie sah auch innen so aus wie außen, machte keine Unterscheidungen. Gab es Tee, trank sie Tee. Gab es keinen, nahm sie Wasser. War kein Wasser da, war alles fest gefroren, stopfte sie eine Hand voll Schnee oder steckte einen Splitter Eis in den Mund. War auch kein Schnee und kein Eis unter der Hand, dann biss sie eben auf den Durst, bis er sich wieder stillen ließ. Ähnlich war es mit dem Hunger. Saß sie allein am Lagerfeuer und hatte einen unangebrochenen Jagdtag vor sich, konnte sie ein halbes Murmeltier oder ein ganzes Rebhuhn vertilgen und damit war auf Vorrat bis zum Abend, ja bis zum nächsten Tag gegessen. War sie zu Hause und hatte Gäste oder war sie selbst zu Besuch bei Leuten, konnte sie schon von einer Keule gesättigt aufstehen. So war es auch mit Kälte und Hitze. Mit ein und derselben Kleidung konnte sie durch zwei, drei Jahreszeiten gehen.

So verhielt es sich auch mit den Menschen. Mit keinem außer ihrem Vater stand sie besonders eng im Leben. Ebenso wusste sie nicht, wem gegenüber sie ein ungutes Gefühl hegen sollte. Alle Menschen kamen ihr gleich gut und gleich tückisch vor. Wie bei den Widdern oder bei den Wölfen: Der größte Bock mit dem schönsten Geweih blieb doch nur ein Widder und der kleinste Welpe mit dem mickrigsten Fell war schon ein Wolf. Aus eben diesem Grund wohl hatte sie die Männer nie besonders beachtet, aber auch auf die andere Hälfte der Menschen, die Frauen, hatte sie nie so genau geschaut.

Wurde sie daran erinnert, dass sie eines Tages zur Ehefrau, zur Mutter zu werden hatte, blieb sie ruhig und dachte gelassen: Dann wird es eben die Sache eines der angehenden Männer ringsum sein, zu kommen, mich zu nehmen und zu einer solchen zu machen!

So nahm sie das allererste Angebot, als es sich aus jenem doppeldeutigen Spiel herausschälte, genauso gefasst wie erleichtert auf. Es erschien ihr verständlich und bedeutsam. Nicht wer, sondern dass sich da einer gemeldet hatte, zählte erst einmal. Also hatte sie keinen Grund, es gleich abzulehnen oder damit herumzuspielen, wie es vielleicht manch eine andere getan hätte. Anstand hatte für sie mit Stille zu tun. So blieb sie still, hatte sich in der Gewalt und hielt die Zunge im Zaum.

Doch das war nicht gut. Denn bald darauf stand sie ausweglos da. Sie meinte zuerst, gut sein zu müssen zu den Menschen, die längst mitten im Rausch einer Hochzeit steckten, um dann trotzig sein zu dürfen bei den Dingen, die, einmal in Bewegung gesetzt, von allen Seiten auf sie zukamen. Doch es waren nicht Güte und Trotz, es waren Scham und Verlegenheit, von denen sie sich leiten ließ – eine erst später gewonnene Erkenntnis! Jetzt aber verspürte sie deswegen keinen ernsthaften Kummer. Doormak war ihr recht, wie es mit fast jedem anderen aus der Horde der heiratswilligen jungen Burschen wohl auch gewesen wäre. An diesen nun gewöhnte sie sich in ihren Gedanken recht schnell. Und da er bei den Neckereien immer ein wenig ungünstig wegkam, nahm sie ihn in Schutz, auch mit Worten, was freilich aus den Neidern weitere gehässige Erfindungen gegen den armen Kerl herauskitzelte.

Mit dem Heiratsangebot, das sie an jenem Frühsommerabend in jener Talsenke ereilte und dem sie schließlich auch erliegen sollte, schien eine Bresche in ihr Leben, in ihre Weiblichkeit geschlagen zu sein.

Weitere bedeutsame Worte bekam sie von verschiedenen Seiten zu hören. Es waren Anspielungen, Geständnisse und eben neckende, unzweideutige, bedauernde und warnende Bemerkungen. Sie kamen von Leuten, die sich bisher gebärdet hatten, als würden sie die ständig am Rande des besiedelten Landes lebende Jägerstochter gar nicht wahrnehmen. Es waren vor allem junge Männer, auch verheiratete. Die einen meinten, sie würden sich beeilt haben, während die anderen behaupteten, sie hätten gewartet, doch das kam auf ein und dasselbe hinaus: Wenn sie nur gewusst hätten, wie leicht sie zu haben gewesen wäre! Also erfuhr sie nun nachträglich, wie gern so mancher sie gehabt hätte, erfuhr ebenso, weshalb sie es nicht vorher erfahren durfte. Man hatte Hemmungen vor ihr gehabt, und erst das Gerücht, an dem jeder mitkaute, hatte daran genagt, hatte sie zerfressen. Dann waren da aber auch ältere Menschen, Frauen zumeist, die sagten, sie hätten sie gerne zur Schwiegertochter gehabt. Und sie sagten es mit unverhohlenem Bedauern und der sie dazu berechtigenden Redewendung: Hätte man das nur gewusst!

Das schmeichelte zwar ihren Ohren, aber es verletzte auch den, der solches mit anhören musste. Unverdienterweise, wie sie meinte. Ja, das Geringschätzige eben, das in den Worten der Menschen mitschwebte und dem galt, dessen Name mit dem ihrigen in einem Atemzug genannt wurde, war es, was sie in ihrem Entschluss bestärkte. Vielleicht war es doch Trotz, der in ihr erwacht war. Oder war es einfach das Mitgefühl, das die Halbwaise zu einem Vollwaisenwesen hegte?

Wie auch immer, sie nahm ihn in Schutz, meistens in Gedanken, manchmal aber auch nach außen.

Jener Sommer war wohl ohnehin der merkwürdigste ihres Lebens. Erstmalig seit vielen Jahren war ihre Jurte wieder in die laute, dichte Mitte des besiedelten Landes gekommen. Da erlebte sie Dinge, die nur in einer Siedlung mit viel Volk und in der Zeit der Üppigkeit vorkamen. Feste gab es, und Betrunkene. Was lästig war, aber auch lustig. Hin und wieder musste sie von ihrer Körpergröße und Muskelkraft Gebrauch machen. Und das war immer nachts. Sie wurde mitten im Schlaf geweckt. Man zerrte an der Tür, sie musste aufstehen und aufmachen. Einmal musste sie sich mit einem Eindringling regelrecht prügeln. Es war ein hoch gewachsener, sehnig geratener und deshalb vielleicht von sich überzeugter Kerl. Der Vater war nicht da, war gerade wieder auf die Jagd geritten. Der Mann musste das gerochen haben, denn er kam unerschrocken auf sie zu, war übrigens leicht angetrunken, wie eigentlich fast alle, die nachts durchs Land torkelten, von Tür zu Tür.

Sie fragte, was er denn von ihr wolle.

Dich pflücken!, lautete die Antwort.

Sie lachte: Bin ich denn etwa eine Beere, dass du mich pflücken möchtest?

Ja! Eine längst reife und vermutlich gar nicht so übel schmeckende!

So, und du fühlst dich berechtigt dazu?

Ja, und verpflichtet, ehe der Zwerg dich verunstaltet!

Du bist besoffen! Geh nach Hause!

Doch mit solchen Worten war er nicht zu bewegen. Er glich einem ohrlosen Kopf oder noch eher: einem kopflosen Rumpf mit ein paar frechen, derben Gliedern – und wurde handgreiflich. Sie wehrte sich, zunächst recht sanft noch. Nach und nach aber kam Schwung in ihre Bewegung, die Muskeln strafften sich, was ihn allerdings noch mehr reizte. Er fing an, auf sie einzuschlagen und mit den Füßen nach ihr zu treten.

Da erwachte die Wölfin in ihr. Sie ging ihm an die Gurgel, packte den Kragen an beiden Enden, stemmte die Fäuste dagegen und verharrte selbst unter den Schlägen, die sie noch zu treffen vermochten. Dann wurde es still, und sein Körper, immer steifer werdend, schien plötzlich in der unteren Mitte zu knicken. Er ging in die Knie und sackte krachend und gluckernd zu Boden, als sie ihn losließ. Sie schaffte ihn aus der Jurte. Zuerst wollte sie ihn neben seinem Pferd, das gesattelt ein Stück entfernt von der Jurte angebunden stand, liegen lassen und selber wieder ins Bett gehen. Dann aber fiel ihr ein, er könnte aufstehen und sich erneut auf den Weg zu ihr machen. So schleifte sie ihn an einem Arm hinter sich her, neben sich das Pferd, das sie mitführte. Die Hunde schlugen an, kamen lärmend herangeprescht und konnten sich lange nicht beruhigen, die Kälber an der Binde scheuten, nur kümmerte sie sich nicht im Mindesten um das alles, zog gebückt und keuchend an dem Arm und an der Leine, an dessen anderem Ende das Pferd ging.

Irgendwann meldete sich der ungebetene Gast wieder, jammerte mit gequetschter, stockbesoffener Stimme: Au weh, Himmel! Au-au-auuh!

Doch sie ging unbekümmert weiter und dachte belustigt: Der verstellt sich aber!

Erneut ging das wehleidige Gejammer los: Wer bist du denn, der du mir ja den Arm bald ausreißt?

Sie hatte keine überschüssige Kraft, an ihn eine Antwort zu vergeuden. Schwer war das Aas.

Seid Ihr es, Onkel Elefant?

Sie blieb stehen, um Luft zu schöpfen, lockerte den Fingerdruck um das fremde Handgelenk aber nicht. Stattdessen sagte sie zu ihm: Nicht dein Onkel Elefant ist es, son-

dern das lustige Elefantenkalb, an dem lauter Beeren wachsen!

Ach, Kind! Und was hast du vor mit mir?

Ich werde dich im Flusswasser ausnüchtern, und wenn
du dich sträubst, ersäufen!

Am Fluss angekommen ließ sie ihm keine Zeit, sich auf-
zurichten. Sie zerrte ihn rücklings, so wie er den ganzen
Weg lang hatte liegen müssen, an den Uferrand heran,
kniete sich auf seine Brust und drückte den Hinterkopf in
die hüpfenden, gurgelnden Fluten, beide Hände wieder an
den Kragenenden, die Daumen auf dem Adamsapfel. Er
verhielt sich still, außer dass er zitterte und stöhnte. Nach
einer Weile wurde es schlimmer mit dem Gezitter, begleitet
jetzt von Bitten und Betteln. Sie solle endlich damit aufhören, sonst sterbe er. Doch sie wollte ihn noch nicht erhören
und blieb, eine Bedrohung über seinem längst verzerrten
Gesicht, mit den Händen als Zangen an seiner Gurgel.
Zum Schluss kam aus dem zuckenden Mund nichts mehr
heraus als ein dumpfes Zähneklappern. Da endlich ließ sie
von ihm ab. Sie hielt ihm das Pferd, als er irgendwann wieder auf den Beinen stand. Er schwankte und zitterte arg,
sodass sie ihm in den Sattel helfen musste. Langsam ritt er
davon.

Lange schaute sie ihm nach, bis sich die Gestalt im trübe
flimmernden Schein der schräg stehenden Mondscheibe
hinter einem Wolkenfetzen aufzulösen schien. Ihre Wut
hatte sich verbraucht. Wallende Hitze spürte sie jetzt in
sich, und lähmende Erschöpfung. Sie sackte zusammen
und brach in Tränen aus. Aber so jäh wie sie angefangen
hatte zu weinen, so schnell hörte sie damit auch wieder auf.
Sie stand auf, zog sich aus und stieg in den Fluss. Es war ein
gutes Gefühl, den eigenen Leib endlich von jeder Bürde

befreit und vom gletscherfrischen, mond- und sternenbe-
schienenen Wasser umfangen und gestreichelt zu wissen.
Sie war froh darüber, ihren Körper, so wie er mit Fleisch
prall gefüllt, mit Muskeln und Sehnen straff durchzogen
und mit Haut glatt bespannt war, vor einem Sturm der
männlichen Gier unversehrt erhalten und aufgespart zu
haben für den, der nun einmal zu ihr gehörte, wie der Schädel zum Kiefer, wie der Dolch zur Scheide.

Tage später erreichte die kleine, aber Funken sprühende
Tratschgeschichte von einem Doormak in Weißglut und
mit dem Stein in der Hand auch sie, die doppelten Grund
hatte, ihr klopfenden Herzens zuzuhören, denn der, dem
der Zorn gegolten hatte, war eben jener Mensch, der ihr so
unsanft in die Quere gekommen war. Sie hatte Verständnis
für Doormaks Wutausbruch, denn in jener Nacht hatte sie
nicht nur Fausthiebe und Fußtritte zu spüren, sondern
auch Worte zu hören bekommen, die sie letzten Endes hatten aus der Haut fahren lassen. Dennoch war sie ein wenig
ratlos und vermochte den Stein, der in der Geschichte vorkam, nirgends einzuordnen.

Monate später hörte man von dem Menschen erneut
etwas, diesmal jedoch Schlimmeres – er hatte Hand an sich
gelegt. Dojnaa war ohnehin von schlechtem Gewissen
gepeinigt, in zunehmendem Zweifel darüber, ob das, was
sie mit jenem getrieben hatte, nicht ein wenig zu viel gewesen war. Umso mehr, weil sie ihn später noch öfter gesehen
hatte und er ihr dabei von Mal zu Mal betrübter vorgekommen war. Nun traf sie die Nachricht wahrlich hart. Sie
kam sich schuldig vor und war zum Schluss so verzweifelt,
dass sie sich fragte, ob sie sich in jener unglückseligen
Nacht vielleicht gar nicht hätte wehren sollen.

Von den anderen Männern, die kamen, erfuhr sie manchmal ganz andere Dinge, vernahm schmeichelhafte, bittende und erklärende Worte, auf welche nicht zu hören ihr schwer fiel. Doch schickte sie letzten Endes auch den Nettesten weg. Und dies dem zuliebe, der die unsichtbare Jurte in ihr längst mit ihr teilte. So trug sie ihn in sich wie ein werdendes Kind. Sie beschützte ihn vor Fremden und hegte und pflegte ihn mit der Wärme ihres Körpers und ihrer Gedanken. Sie wob und werkelte an einem Doormak, den es nicht gab, den sie sich aber unbewusst herbeiwünschte.

Der Morgen nach der ersten gemeinsamen Nacht war ein seltsamer. Zwei fette, pralle Wolkenblasen lugten an den entgegenliegenden Horizonten hervor, stiegen, schwollen zusehends an und wanderten aufeinander zu. Doch dann machten beide kurz vor dem Ziel Halt und fingen an, den Himmelsraum seitlich zu überschwemmen. Dort stießen sie zusammen und ergossen sich ineinander. Der Himmelsscheitel blieb nach wie vor unbedeckt, stand augenrund und wach, glänzte. Regen wurde zur Gewissheit. Aber noch war es nicht so weit. Erst mussten die Winde ankommen und zur Ruhe finden, musste die erdnahe Luft von den immer wässriger anlaufenden, schwerer drückenden Wolken festgestampft werden.

Ähnlich stand es um die frisch gebackenen Eheleute in der Jurte. Beide wirkten bedrückt und ermattet, blieben stumm zueinander. Er legte sich wieder hin, nachdem er die Blase entleert hatte, und erhob sich erst wieder, als der Morgentee gekocht war und bereits in der Kanne stand. Dann ging er erneut austreten, gähnte ausgiebig und ließ, während er so stand, den Blick träge schweifen über Berge und Steppen, den Himmel darüber und seine Wolken.

Ohne Eile ging er zurück, warf dabei den Kopf hin und her und rieb den Nacken am Kragen in der Art von gestandenen, zum Müßiggang ermächtigten Ehemännern. Er fand die Waschkanne mit Seife und Zahnbürste auf einem Schemel vor die Jurte gestellt und empfand darüber leise Genugtuung, vermischt jedoch mit einem Hauch von Enttäuschung, denn wie gerne hätte er gerufen: Wasser! und gesehen, was darauf geschähe. Da stellte er erfreut fest, dass kein Handtuch da war. Während er den Mund ausspülte, die Zähne bürstete, die Hände, Gesicht, Hals und Brust wusch, vergaß er das fehlende Handtuch nicht. Doch als er dann endlich danach rufen wollte, sah er es vor sich und erschrak fast ein wenig darüber. Sie stand mit dem Handtuch vor ihm. Muss ich aber unaufmerksam gewesen sein, dachte er erschrocken. Klobig wie sie dastand, konnte sie gar nicht so leise aus der Jurte getreten sein und sich ihm genähert haben! Aber gleichzeitig empfand er prickelnde Freude unter der Haut, die sich jedoch im nächsten Augenblick wieder etwas trüben sollte. Denn als er nach dem Handtuch griff, ließ sie es los und ging.

Wäre alles nach ihm gegangen, hätte sie es, solange er sich daran abtrocknete, an dem einen Ende beidhändig halten und dann mitnehmen sollen. So hatte er es bei den Nachbarn, den Kasachen, gesehen. Doch ganz so weit musste er es wiederum nicht treiben, dachte er leicht versöhnt und schloss den Gedanken ab: Dafür heiße ich ja auch nicht Tormakchan, bin nur Doormak und verfüge über meine unversehrte Vorhaut!

Er nahm sich Zeit. Genoss die kühle Frische des Handtuches in der klebrigen Zärtlichkeit der Luft und dem benebelnden Rest der nächtlichen Trägheit in den Gliedern. Schließlich ließ er alles, was er zur Morgenwäsche gebraucht hatte, liegen und stehen und trat in die Jurte. Die Frau griff, sichtbar erleichtert und in ungezähmtem Eifer, nach der Kanne, die jetzt auf dem Herd stand. Sie schenkte Tee in eine Schale ein und wartete, bis er sich gesetzt hatte im Dörr hinter dem niedrigen Tisch, der wieder voll beladen und umstellt war von Tellern und Schüsseln wie Stunden zuvor während des Festes. Endlich reichte sie ihm beidhändig die volle, dampfende Schale. Er nahm sie lässig entgegen. Und doch ließ er, während er dies tat, seiner Kehle einen gluckernden, dumpfen Laut entfahren, erneut in der gewollten männlichen Art, die Würde und Zufriedenheit ausdrücken sollte.

Dann schenkte sie sich selbst Tee ein, trank ihn hastig und hockte wie sprungbereit auf einem Knie links neben dem Herd. Sie begnügte sich mit einer weiteren Schale Tee und mit einer eher angedeuteten als genossenen Kostprobe von einem der Teller. Er aber verfuhr auch jetzt behäbig, griff tüchtig zu, schnitt handtellergroße, blattdünne Scheiben von einem Fleischbrocken in seine Schale herunter, begoss den geschnetzelten Haufen mit heißem Tee und wartete, bis obenauf das Fett schwamm. Dann schlürfte er den abgekühlten Tee geräuschvoll, fischte mit dem zu einem Haken gekrümmten rechten Zeigefinger eine Scheibe nach der anderen heraus, schaufelte sie über den Schalenrand gleich in den Mund und kaute. Am hellen Schmatzen hinter den blitzenden Zähnen hörte und am verklärten Ausdruck auf dem runden Gesicht sah man es ihm an: Er genoss das Essen.

Doch es war beileibe nicht so, dass alle seine Sinne bei dem salzig-fettigen Milchtee, dem würzig-fetten Fleisch verweilten. Ein kleiner Teil von jedem der fünf äußeren Sinne und ungeteilt und tierisch wach der sechste, der innere, galten der Frau nebenan. Sie belauerten sie und fahndeten nach Spuren des Tages und der Nacht, der Ehezeit. Er entdeckte Scham, Scheu und den Willen zu dienen. Und das war gut so, war ermutigend. Trotz oder gerade wegen der Nacht hatte sie sich für schuldig befunden, wer weiß. Stimmte das, dann wäre das gar nicht so übel. Noch bevor sie von ihm ein Kind hatte empfangen können, war also schon ein Schuldgefühl in ihren Leib gefahren. Beides würde sie austragen müssen. Kinder allerdings höchstens einmal im Jahr und nur das mittlere Drittel des Lebens lang, das Schuldgefühl dagegen tagtäglich und lebenslänglich. So fand er sie jetzt erträglich, ja anständig und gab ihr in Gedanken Recht: So wie sie aussah, brauchte sie sich wirklich nicht noch voller und praller zu stopfen!

Das alles dachte er nebenbei, wie auf einem Seitenpfad seines Hirnes, während er wie abwesend für die Außenwelt dasaß und sich an dem Tee und dem Fleisch labte. Jenes Schweigen, das seinen Anfang in der Nacht genommen hatte, dauerte an. Da betrat jemand die Jurte. Die Frau fuhr aus der Hockstellung federnd in die Höhe, um nach einer Schale im Regal hinter sich zu greifen, Tee einzuschenken und ihn dem ersten Gast der Jurte hinzuhalten.

Es war seine Tante, die bereits im Begriff war, sich auf der gleichen Höhe hinzuhocken wie Dojnaa, nur auf der anderen Seite des Herdes. Die Schwiegernichte rief erschrocken aus: Tante, geht doch weiter nach oben! Das alte, dürre Frauchen, das schon am Boden saß, kroch einen halben Hintern seitwärts und sagte, es sei ihr genug. Doch die Schwiegernichte zögerte immer noch, die randvolle Schale hinüberzureichen. Sie bestand darauf, man solle noch weiter nach oben rutschen, auf die Matte kommen. Und sie begründete es so: Sie hätte gestern Abend, als die letzten Gäste die Jurte verlassen hätten, die längsseits ausgebreiteten Matten aufgerollt und hochgestellt, da die Wiese nicht ganz trocken war. Das Frauchen lachte kurz auf, kroch weiter dörrwärts, erreichte schließlich knapp eine Ecke der gesteppten Filzmatte und sagte: Nun aber ist es wirklich genug mit meiner Hochkriecherei! Muss auch nicht sein, bin doch keine Fremde, mein Kind.

Die Tante redete weiter, während sie den Tee trank. Und das tat Dojnaa gut. Sie hatte, als diese erschien, dagehockt, ohne zu wissen, was tun, war ratlos, was richtiger wäre: warten, bis auch der Mann fertig wurde, oder hinausgehen, um aufzuräumen, allem voran die Seife in Sicherheit zu bringen vor streunenden Hunden; auch wollte sie nach Dung gehen, solange es noch nicht regnete. Nun musste sie dableiben und der Frau zuhören, die sie anstelle der Schwiegermutter zu verehren hatte.

Es ging in der Erzählung der Tante um die seltsamen Bewegungen der Wolken in der Frühe. Dojnaa hatte sie auch gesehen und dabei mit ihrem Jägerinnenverstand gedacht: Schwierige Winde! An einem solchen Tag wie dem heutigen galt es, besonders wach zu bleiben, am besten ein größeres Körperteil entblößt zu halten, um dem Richtungswechsel des Windes, oder richtiger noch, der Reihenfolge der Winde ständig nachzugehen.

Die Tante aber hatte dem Spiel im Himmelsraum einen anderen Sinn abgelesen, der auf Eintracht und Fruchtbarkeit hinauslief.

Werdet sehen, sagte sie, es wird gegen Mittag anfangen zu regnen und kaum aufhören, eh die Sonne untergeht. Wenn das zutrifft, sprach sie weiter, werdet ihr nächstes Jahr um diese Zeit zu dritt im Nest hocken!

Die Schwiegernichte senkte darauf den Blick, ihr Gesicht lief rot an, glühte bis zum Hals, bis zu den Ohrspitzen. Der Neffe hüstelte, grinste und sagte barsch: Lappen! Dojnaa fuhr hoch und suchte eine kleine Weile, bis sie das Leinentuch fand, das die Hochzeitsgäste benutzt hatten.

Es stimmte mit dem Regen. Dojnaa freute sich über ihn,

vor allem aber darüber, dass die Tante Recht gehabt hatte mit ihrer Vorhersage. Denn er setzte genau zur vorausgesagten Stunde ein und hörte noch später auf. Es war ein gewaltiger Regen und ging mit einem Gewitter nieder, das sich mehrmals steigerte, ohne zwischendurch nachzulassen. Was seine Stelle einnahm, war eine Nebelherde, die man am nächsten Morgen vorfand und die man in dieser Form schon lange nicht mehr gesehen hatte. Sie stand hier und dort, in Haufen und in Fetzen, lag an Berghängen und Hügelrändern, klebte an Gras und Steinen.

Die Tante schien vor Freude die richtigen Worte nicht finden zu können, war aber von dem Wunsch getrieben, sich gehoben und bildhaft auszudrücken. So sprach sie von yakgroßen Schafen, wo eigentlich nur schafkleine Yaks zu erwarten gewesen wären.

Dojnaa, die Schwiegernichte, ihrerseits getrieben von dem Wunsch dem entgegenzukommen, dachte lange nach, um hinter den Sinn zu kommen, der in den Worten stecken sollte. Und irgendwann glaubte sie, die geschraubten, schwerfälligen Worte durch eigene schlichte ersetzen zu dürfen: Die Zeichen standen gut und übertrafen jede Erwartung.

Inzwischen war eine weitere Nacht vergangen, vor der sich Dojnaa zuerst gefürchtet hatte und von der sie dann betroffen war. Aber beides, die Furcht wie auch ihre Betroffenheit, waren unbedeutend gewesen, jeweils ein Hauch nur, wie eigentlich alles, was sie vom Leben erwartete. Mit wachsendem Unbehagen hatte sie an die bevorstehende Nacht gedacht, je zügiger der Tag auf den Abend zuging. Denn sie hatte damit gerechnet, dass der Mann sie abermals drannehmen würde. Dabei hatte sie immer noch nicht herausgefunden, wie sie ihm besser entgegenkommen sollte.

Nicht vor dem Vorgang an sich, sondern vor dem, was danach käme, scheute sie sich. Vor der Nachbemerkung, dem Schweigen und Lauschen danach. Und vor allem vor dem Abstand, den der eine Körper zu dem anderen zu halten hatte. Ihr würde es nichts ausmachen, allein zu liegen, sie hatte es ja bisher ausgehalten, warum sollte sie es nicht auch jetzt aushalten? Nun aber war es damit vorbei, das Bett war für zwei. Und außerdem hatte sie sich in Gedanken an den Mann gewöhnt, nicht an Doormak, sondern an den Ehemann, was sie aber damals noch nicht so genau wusste. Doch dann, als die Nacht gekommen war, kam es anders: es passierte nichts. Was sie wiederum durcheinander brachte. Sie war überrascht, erleichtert und zugleich betroffen.

Genau das war seine Absicht, war das Ergebnis seiner Überlegungen. Es sollte eine Strafe sein, die ihr und auch ihm selbst auferlegt wurde für die erste, magere Nacht. Er spürte, als sie, diesmal ohne zu fragen, zu ihm ins Bett kam, die Scheu, die kaum abgenommen hatte, daraufhin die Erwartung, später die Erleichterung und zuletzt die Betroffenheit, die er aber als Enttäuschung auslegte. Das alles genoss er, und ein breites Lächeln lag auf seinem Gesicht. Er hielt die Ohren gespitzt, belauschte und behorchte ihren Atem, ihre Herz- und Pulsschläge. Doch kostete es ihn auch eine gewisse Überwindung. Den duftenden, klopfenden, glühenden, prallvollen weiblichen Körper neben sich zu wissen und darauf zu verzichten, fiel ihm nicht leicht.

Aber so passte es, beabsichtigte er doch, sie und sich selbst zu strafen und kurz zu halten. Jetzt lächelte er nicht mehr. Ja, er hatte die Strafe wohl verdient, denn erst zwei Nächte vor der Hochzeit noch war er zu der Witwe Inej gegangen. Auch jetzt, wie ihm dies einfiel, musste er erschaudern. Sie war die Feurigste unter allen Frauen, die er erlebt hatte. Eine Zeit lang ließ er sich von der peinvollen Lust packen, die unter seiner Haut erwacht war, schwelgte in süßer Erinnerung. Dann aber hatte er sich wieder in der Gewalt und dachte grimmig: Sie hat gewusst, mich zur rechten Zeit zu entwaffnen, die Hexe! Und ich dummer, geiler Rüde habe mich verausgabt.

Nun lag sein Körper still, wie erschlagen, wie erloschen. Seine Gedanken waren unterwegs zu den Tieren, den Hengsten und Stuten, Bullen und Kühen, Böcken, Schafen und Ziegen. Allerlei passierte auf der Steppenweide, aber das, wonach es die streunenden Gedanken des vom Selbstzweifel geplagten Mannes verlangte, passierte zu selten und zu sachte. Daher griff seine Fantasie ein, ging auf die Paare zu, jagte sie auseinander und errichtete zwischen ihnen eine Glasmauer. So stand bald ein jeder Tiermann von seinem Tierweib getrennt, und die beiden glotzten sich, blöd und träge wie sie waren, erst einmal ratlos an.

Dormaaks Gedanken, zwar auch einer trägen, schlaffen Hülle entschlüpft, durch einen ersten gelungenen Schritt aber geweckt und geschärft, waren zu weiteren Schritten bereit. Aber er ließ sich Zeit. Gewieher und Gemuh, Geblök und Gemecker kamen auf, wurden immer lauter und erfüllten bald die Luft. Vom Scharren der Hufe erzitterte die Erde. Die trägen, blöden Viecher schienen vor Lust aufeinander vergehen zu wollen, sie lärmten und tobten schier unerträglich. Hinzu kamen jetzt die Gerüche, Ströme und Stürme davon, die hin- und herwehten und

aufeinander prallten. Schließlich war es so weit: Die Glas-
mauern schwankten, knisterten, zersprangen und lösten
sich eine nach der anderen in Luft auf. Tiermann und Tierweib stürzten mit ausgehungerten Körpern in voller Wucht
aufeinander los, und es geschah so gewaltig, dass man meinen mochte, Funken stoben und Flammen loderten. So
musste es bei dem ureinen Mal gewesen sein.

Seine Gedanken kehrten befriedigt zum Körper zurück,
fanden ihn geweckt und gesammelt wieder. Es fehlte nur
wenig, dass der Mann das Weib nebenan sogleich angefal-
len hätte. Es war nicht der Schlaf, in dem sie schon steckte,
sondern sein eigener trotziger, männlicher Wille, der ihn
davon abhielt. Schadenfroh, aber auch hoffnungsvoll hielt
er den flatternden Schmetterling in sich nieder, ließ die
eine Hälfte in sich gegen die andere los. So schlief er ein, so
erwachte er aus dem Schlaf am nächsten Morgen, und so
schaute er fortan auf die Welt, die ihn umgab, und die
Dinge, die da passierten: das Gewimmel im Kreuz, leidend
darunter und hoffend darauf.

Drei Nächte hielt er aus und überfiel dann in der vierten
Nacht das Weib, kaum, dass es neben ihm lag. Dabei wollte er jenen ausgehungerten, aber kugelrunden und prallen,
von Lust und Schmerz erfüllten und getriebenen Tiermän-
nern gleichen. Am liebsten wäre er ein Hengst gewesen,
doch selbst ein Bock war beim Himmel etwas Gewaltiges,
er hatte dabei gestanden, dem zugeschaut und heilige Ehrfurcht empfunden, als jener seine Männlichkeit bewies.
Nun glich er, Doormak, Sohn des Stein-Gesicht-Dshelgek,
jedem dieser Sturmwesen, wurde zu einem Weiteren unter
ihnen, war der rundschädelige, stabbeinige Mann mit der

gleichen Ausrüstung wie all jene auch, also ein menschlicher Hengst, Bulle, Bock, war wahrlich eine Kugel im Flug, gewillt, das Ziel, das Weib, inmitten der Scham und Scheu, der gespreizten Beine zu treffen, eine Bresche hineinzuschlagen und es aufzuspalten!

Auf der Steppenweide hatte er das Gefühl gehabt, die Zielscheiben seien auf die herannahenden Kugeln zugeeilt, hätten sich ihnen hingehalten und sie während des Einschlages umfangen, um sie wohl nie wieder loszulassen. Nichts dergleichen bei diesem Weib. Das bemerkte er mit einer Enttäuschung, die an einen hauchleichten und haarfeinen Streifschnitt übers Zwerchfell erinnerte. Und es wäre noch schlimmer gewesen, wenn er nicht den Schreck gespürt hätte, den er ihr eingejagt hatte. Ja, sie erschrak schon ordentlich, hatte scheinbar gar nicht mehr damit gerechnet. Nun verfuhr er halb aus Lust, halb aus Rache erbarmungslos mit ihr. Sie lag mit wummrigem Fleisch und zusammengebissenen Zähnen unter ihm, stand es wieder mucksmäuschenstill durch, weder Gewinsel noch Gestöhn, die Hexe! Wie gern hätte er ihr Geschrei gehört, ihre Tränen gespürt und gegen ihr Gezappel gekämpft!

Doch er kam sich diesmal besser vor als das erste Mal, einfach gut. Hätte er nicht gerade diese Elefantenkuh, sondern jede beliebige der anderen, schmächtig-menschlichen Frauen unter sich ausgebreitet, um die Hüften gewickelt gehabt, es wäre bestimmt manches dabei herausgesprungen! Und Inej, die liebe, quicklebendige Person mit den brennenden Lippen, der hüpfenden Zunge und den zangengleichen Armen und Beinen, erst recht – sie würde bei dem Angebot und der Verausgabung den halben Ail geweckt und die Hunde auf die Beine gebracht haben! Verärgert-befriedigt rutschte er von der ihm wohl auf Lebens-

zeit gegebenen, hilf- und arglosen, still-stummen, aber
gewaltig-hügeligen Frau herunter, drehte sich um und
schlief bald ein.

So schritt die Ehe voran. Er hielt sie weiterhin im Ungewis-
sen, um sie zu reizen und zu überraschen und sich selbst
durch die Verwirrung, die dadurch entstand, Lust zu verschaffen. Sie fügte sich dem Launenspiel ohne Widerstand,
ohne Begeisterung, gewöhnte sich an die Pausen wie auch an
die Wiederkehr, meinte wohl, es müsste eben so sein. Und
nach und nach kamen sie einander körperlich näher. Sie
hörte auf, nachts krampfhaft auf Abstand bedacht zu liegen,
empfand keinen Schreck mehr, wenn sie manchmal mit der
Schulter oder der Hüfte oder der Wade an ihn herankam.
    Mehr noch, einmal tat sie es willentlich, empfand Halt
und Stütze, als sie ihn mit einem Körperteil berührte und so
ein wenig angelehnt an ihm lag. Irgendwann stemmte sie
ihr breites Kreuz mit dem kühlen Gesäß genüsslich gegen
die Mulde seines Bauches und seiner Hüften, und dies
wurde zu ihrer Lieblingsstellung im Schlaf. Oft passierte es,
dass er sich zu Unzeiten an sie heranmachte. Sie wurde davon wach, wenn die Finger seiner Linken an ihrem Bauch
herumkrabbelten und sich an dem Schnürband der langen
Unterhose zu schaffen machten. Da kam sie ihm entgegen,
löste den Knoten, schob die Hose ein Stück weiter nach
unten und legte sich zurecht, und wenn er fertig war und
abstieg, zog sie die Hose wieder hoch und schnürte sie zu.
Manchmal erwachte sie erst, wenn sie in der Mitte bereits
entblößt dalag. Dann stellte sie sich weiterhin schlafend,
und folglich musste er das, was er angefangen hatte, selber
irgendwie auch zu Ende führen.

Wenn solches wieder einmal vorgekommen war, bedurfte er am nächsten Morgen einer besonderen Schonung. Ja, sie schonte ihn, denn dafür gab es vielerlei Gründe. Er war der Kleinere, war das Vollwaisenkind, war der arme Kerl, der bei den immer noch wütenden Neckereien der Mitwelt ständig schlecht wegkam, war aber auch der Jurtenkönig, war von Geburt der Düstere, der Misslaunige, der von außen Aufhellung und Polsterung brauchte.

Und er, er wusste sich nur zu gern in einer solch Schutz bietenden Nische des Lebens. Er gewöhnte sich schnell an ihre Dienste, die er als selbstverständlich hinnahm und stumm genoss. Auch schien er sich an ihre körperliche Nähe tagsüber gewöhnt zu haben. Hatte er früher schwere Hemmungen empfunden, an sie heranzutreten oder in Gegenwart von Fremden aufzustehen, wenn sie in der Nähe und nicht gerade in der Sitzhaltung war, so legte sich dies mit der Zeit.

Ja, mit der Zeit, jener heilenden Eile mit Weile eben, begann er bei ihr immer mehr erträgliche und sogar begehrenswerte Züge zu entdecken. Still, unermüdlich, selbstlos war sie. Und zuverlässig. Das war ihr Wesen. Auch dessen Hülle, der Körper, dieser verflucht aufgequollene, war eigentlich in Ordnung. Die Teile standen auf keinen Fall regelwidrig, auch nicht verkehrt zueinander. Das ovale Gesicht wirkte mehr hell als dunkel; die vollen Lippen mit den steilen Rändern, die gerade Nase, die runden Augen unter den geschwungenen Wimpern und den dichten Brauen waren von einer solch scharfen und sauberen Prägung, dass der fremde Blick, der sie wahrnahm, immer stutzig werden musste. Etwas, was anderen nicht gegeben war, haftete ihnen an, und dieses konnte im Schatten des erdrückenden Körpers den dürftig und anders Geratenen

schnell erschrecken und folglich auch abstoßen. Glatt war
ihre Haut. Und das war es, was er an ihr am meisten
begehrte. Selbst Inej hatte nicht diese Haut, die sich ständig wie geölt anfasste, vibrierte und Hitze ausströmte.

Wie außen, so musste sie auch innen sein, glatt und falten-
los. Einfältig erschien sie ihm. Das war zwar etwas, was bei
ihm ihren Wert minderte, gewiss. Aber nicht, dass er sie
sich anders gewünscht hätte! Schlaue Weiber konnte er
nicht ausstehen und sich auch nicht vorstellen, dass es je
einen Mann geben könnte, der solche mochte. So wusste er
bald, dass er sich versöhnen musste mit dem Schicksal, das
ihm eine solche Lebensgefährtin beschert hatte.

Und er begann mit jedem Tag und jeder Nacht, die
davongingen, Sinn und Geschmack am Leben zu gewin-
nen, so wie es sich ihm bot. Wohlgemerkt, er sah ein, dass
es eben auch Dinge gab, die ihm nicht gerade schmeckten,
jedoch unabänderlich erschienen. Das Unvermögen der
von Himmel und Sippe ihm gegebenen und von ihm ange-
nommenen Frau im Bett konnte eines davon sein.

Er machte sich immer weniger Gedanken darüber. Sein
Ehrgeiz, ein menschlicher Hengst sein zu wollen, stumpfte
schnell ab, und er wusste, er musste sich mit dem begnügen, was in seiner Macht stand. Also hatte er sich an das
Gegebene eben zu gewöhnen. Aber die Erinnerung an leb-
haftere Gefährtinnen wachte in ihm, würzte und vergällte
ihm den endlos langen, schamlos kurzen, süßen, schweren
Augenblick. Immer nahm er dabei die Haut und die dahinter gestaute Menge vor sich wahr. Gestillt und versöhnt
fühlte er sich dann meistens, hin und wieder aber auch eingeschüchtert, immer noch.

Die boshaften Neckereien wollten nicht aufhören. Doch jetzt ging er mit ihnen recht geschickt um, frech und spritzig. Was davon zeugte, dass er fest im Ehesattel saß, sich als Ehemann wohl fühlte. Manchmal wähnte er sich so sicher, dass er absichtlich Dinge tat, die demnächst mit Gewissheit als deftige Geschichten im öffentlichen Tratschkessel landen würden. So trat er einmal in Gegenwart einer, die ihm seinerzeit den bestimmten Wunsch verweigert hatte, an Dojnaa heran und sagte, sie solle ihm das linke Auge schnell auslecken. Sie tat es sogleich, und während sie es tat, hielt sie sein Gesicht behutsam in ihren Händen mit den glühenden Flächen festgepresst, so wie man es immer tat, wenn man ein Auge von einem Fremdkörper befreite. Er genoss den Augenblick, verlängerte ihn, indem er vorgab, er würde immer noch etwas spüren. Gewiss verspürte er Vielfaches: zweimal sengende Hitze und kitzelnden Druck, die betörende, beschützende Nähe der Weiblichkeit von zwei Seiten, die Ergebenheit der eigenen und die Bestürzung der fremden Frau.

Nicht lange danach war daraus eine Geschichte geworden: Aus dem Fremdkörper, der in das Auge hereingeflogen sein sollte, war ein Pickel geworden, und der saß an der Nase. Doormak kam auf einem Stecken geritten bei Dojnaa an, lallte etwas wie Mama und zeigte quengelnd auf sein rotziges und pickliges Näschen. Sie hob ihn hoch, setzte ihn sich auf den Schoß und sah sich das Pickelchen an. Zuerst pustete sie darauf, später streichelte sie drüber, und da er nicht aufhörte zu quengeln und zu plärren, blieb ihr wohl schließlich nichts anderes übrig, als es zu beküssen und zu guter Letzt gar in den Mund zu nehmen und daran zu lutschen. Die Geschichte endete damit, dass er von Dojnaa in den Schlaf gewiegt und in die Jurte, ins Bettchen getragen wurde.

Ich weiß, trat dann der Held des Witzes dem Erzähler kühl entgegen, von wem die Geschichte stammt: Von der Meckertante Bölem – oder etwa nicht?! Ich kann dir auch den Grund verraten, weshalb sie solche Fürzchen über mich loslässt. Ich habe einmal die Dummheit begangen, zu ihr ins Bett zu steigen. Dabei ist es einem gewissen Teil ihres dürftigen Leibes gar schlecht ergangen. Wollte sie es nun etwa bestreiten, dann solle sie das besagte Teil herzeigen. Ist der linke Rand ihrer armseligen Eingangsluke nicht angerissen und von dem bleichen Notfädchen der Zeit nicht gestichelt, dann habe ich, bitte sehr, gelogen!

Natürlich hatte Doormak gelogen, aber er hatte es so gut getan, dass er seinen ersten Hörer auf der Stelle überzeugt hatte und beim Wiederkäuen des Hirngespinstes bald auch sich selbst davon überzeugte, dass er damit doch nicht so sehr gelogen haben konnte. Die Bölem müsste sich, so wie sie aussah mit ihren brüchig-wunden Lippen, in den heißen Jahren, die im Volkstratsch immer noch brühwarm vorkamen, durchaus manchen Anspannungen ausgesetzt haben, und ebenso dürfte er, wenn nicht gerade ihr, so dann doch einem seiner Opfer leicht einen kleinen Riss zugefügt haben. Er klammerte sich so fest an den Gedanken und berauschte sich so lange daran, dass er einmal die bestimmte Stelle bei Bölem, die er ja nie zu Gesicht bekommen hatte, leibhaftig zu sehen glaubte: zerlitten und vernarbt.

Jene Worte, zunächst aus einem verletzten Ehrgefühl schnell über die Lippen geflossen, waren vielfach in Ohren gelandet und von Mündern wiedergekäut, hatten Schliff bekommen und längst eine Geschichte bewirkt, die mittlerweile die Geschehnisse ringsum mitprägten und bestimmten. Die bereits genannte Bölem, mit ihrer Schönheit kurz und heftig durch die Jugend gestürmt, seit langem aber still und gezähmt, wollte aus der Haut fahren, als sie auf die Erzählung stieß, in der sie die leidtragende Person darstellte.

Wo nimmt denn der Sohn des Stein-Gesicht-Dshelgek den Mut her, großer Himmel, so unverschämt zu lügen, schrie sie verzweifelt. Es ist zwar wahr, zur spätnächtlichen Stunde ist er einmal am Rande meines Bettes erschienen, nurmehr ein bleicher Schatten, aber ich habe ihn weggepustet, denn die Stelle, die er einnehmen wollte, war noch warm von einem, der seine Männlichkeit in mir zurückgelassen hatte. Für den kleinen streunenden Rüden war da kein Platz!

Die Frau war sogar bereit, die Hose herunterzulassen und sich mit gespreizten Beinen hinzubauen, vor jedem, der kommen und suchen mochte nach der angeblichen Narbe. Doch das war zu Anfang, im Augenblick der Aufwallung des Zornes, der dann zu vergehen und Schmerzen und Trauer zu weichen hatte. Bölem war nicht neu auf Erden, war gegerbt und geknickt genug und wusste, so brachte das nichts ein. Das trübe Rinnsal des Klatsches riss beim Weiterzug, wohl als Schwemmgras und Abspülschaum, auch das, wie ihm das Opfer zunächst begegnet war, mit sich fort. Und als weitere Zeit vergangen und das Gerede ermüdet war, blieb dies übrig: Die Angerissene. Das war der neue Spitzname der Frau, die irgendwann dem Mann einen Wunsch verweigert und später ein paar Worte über ihn in Gang gesetzt hatte. Und es war der Lohn, möchte man meinen, den sie verdient hatte für den Ungehorsam und die Frechheit, begangen zum falschen Zeitpunkt und am falschen Fleck auf der unsteten Erde.

Überhaupt schien Doormak ein Glückspilz. Dojnaa kam ihm in allem entgegen. Sie kümmerte sich sogar um die Pferde und das Reitgeschirr. Hin und wieder fiel es ihm morgens schwer, sich aus dem Bett zu erheben, und da brauchte er nur eine kurze Bemerkung vorwegzuschicken betreffs einer Angelegenheit, der er nachgehen wollte. Schon war das Reitpferd herangeholt und stand womöglich schon gesattelt da, wenn er endlich hinaustrat in den neuen Tag.

Kam er dann am Ende des Tages, oft in tiefer Nacht, beschwipst, gar betrunken zurück, trat sie, einem unermüdlichen Licht gleich, schnell aus der Jurte, nahm ihm die Führleine wortlos ab und kümmerte sich um das Weitere. Oft saß oder lag er, angezogen wie er war, quer auf dem Bett, wenn sie, nachdem sie das Pferd für die Nacht zurecht gemacht hatte, mit dem Sattelzeug die Jurte betrat. Er war zu müde oder zu faul, sich zu rühren. Sie musste kommen und ihn von der Oberkleidung und den Stiefeln befreien.

Er trank. Und betrunken kam er sich verwandelt, größer und stärker vor. Er beliebte dann mit Dojnaa zu spielen wie die Katze mit der Maus, während sie ihm zu Diensten stand, gehorsam und stumm. Das gefiel ihm. Doch hätte er gerne gewusst, welche Gedanken hinter der faltenlosen, gewölbten Stirn der Dienerin lauerten. So versuchte er hin und wieder, sie in ein Gespräch zu verwickeln.

Er überlegte genau, während er, wieder einmal benebelt, heimritt, wie er sich seiner Jurte nähern und zu welchen Diensten er seine Frau nötigen sollte. Dabei war ihm, als wenn er ein Zwitterwesen mit zweierlei Sinnen und Verstand in ein und derselben Haut wäre.

Das eine im Schlamm, hingeklatscht und vergiftet, da lahm und dort taub, in der Mitte noch zuckend, an den Enden bereits erstarrt, nicht anders als eine jämmerlich krepierende Maus. Das glitschige Vieh in ihm hatte sich vor lauter Gier überfressen und besoffen. Der Innensack, der Magen, musste ihm gerade geplatzt sein, und gleich würde auch der Außensack, die Haut, zerbersten. Und es würde einzig dickflüssiger, stinkender Schlammbrei aus ihm herausschießen und Himmel und Erde treffen.

Dieses Gefühl überkam ihn, während er auf der Steppe lag, auf allen vieren, sich im Kreis drehte, röchelnd und zuckend. Er musste sich übergeben. Das passierte ihm oft, und so manches Mal bekam er von erfahrenen Trinkern gesagt, er solle langsamer trinken, dabei weniger essen und mehr singen. Aber da war nichts zu machen. Die Schale, die endlich wiederkam und einen zwinkernd anzuschauen schien, konnte er nie halb leer zurückgehen lassen. Wenn er so den vollen Schluck über die Kehle gejagt hatte, dann musste er dazu auch gleich etwas essen. Singen konnte und wollte er nicht, er verachtete den Gesang. Stärkere, die keine Angst vor seinem Jähzorn hatten, nannten ihn daher mal den Fress-, mal den Sauf-, schließlich auch den Kotzsack. All diese Namen verloren mit der Zeit ihr Vorderteil, und was übrig blieb, der Sack, wurde zu seinem Spitznamen. Was ihn ärgerte, gewiss. Doch er musste auch hier einsehen: Es gab im Leben eben Dinge, über die der sterbliche Mensch hinwegzuschauen oder -zuhören hatte.

Und dieser Teil von ihm, der sich im Ärger zu besänftigen und trotz der Auswegslosigkeit zu trösten wusste, war wohl schon von der anderen Hälfte des Zwitterwesens.

Ja, der war einsichtig, er war beinahe unantastbar, denn er wähnte sich himmelhoch thronend. Je tiefer der eine in den Schlamm des Besäufnisses sank und je dreckiger es ihm ging, umso besser stand es um den anderen. Er schien der Rahm von der Milch, der Saft vom Fleisch, der Wohlgeruch und der gute Geschmack von Brühe und Tee aus dem Feuertopf zu sein. Er war die Flamme des Feuers, die Schneide des Dolches, der Geist vom Schnaps – war Geist, war Wille, war Macht. Er versengte, durchbrach, zermalmte.

Dieser Allmächtige nun kam einmal, erhaben über den Ohnmächtigen, an der Jurte an, die außer der achtzehnjährigen Frau auch noch einen kaum zehntägigen Säugling beherbergte. Es war im zweiten Ehesommer, war unter dem matten, wackeligen Schein des Gestirnes, das, vom Abendstern zum Morgenstern geworden, einen Lassowurf über dem Erdrand im Südosten glänzte. Der Ankömmling blieb im Sattel sitzen, war entschlossen, auf keinen Fall von selber herunterzusteigen, lallte eine ganze Weile vor sich hin und rief: Hej, Frau!

Wenig später hörte er quietschend die Jurtentür aufgehen und sah die Frau auf sich zukommen. Er stellte sich betrunkener als er war.

Gut, dass es Dojnaa war. Sie legte ihm, während sie die mit der Pferdemähne verhedderte Zügelleine in der linken Faust gesammelt hielt, den rechten Arm um die Taille, hob kurz an und holte seinen Körper aus dem Sattel herunter. In dem Augenblick wirkte der Körper leb- und knochenlos, glitt ihr aus dem Arm und plumpste, eine wabbelige Masse, auf die Erde. Sie ließ ihn vorerst liegen, kümmerte sich um das Pferd. Als sie damit endlich fertig war und sich über ihn beugte, um ihn hochzuheben und in die Jurte zu tragen, kicherte er, fast nüchtern. Sie blieb verwirrt stehen.

Ich habe wieder getrunken.

Sie hörte das, stand da und schwieg.

Warum sagst du nichts dazu, hej?

Was soll man dazu sagen?

Ich sage, du siehst, ich habe wieder getrunken. Will wissen, ob das schlimm ist!

Ach, alle trinken.

Stimmt ja nicht. Dein Haraldaj zum Beispiel trinkt doch keinen Tropfen.

Könnte stimmen, ich habe ihn nie trinken sehen. Aber wieso ist er meiner?

Er hätte dich so gerne genommen.

Hat er dir das gesagt?

Mir nicht. Habs aber seinem Blick abgelesen. Hätt zu dir auch besser gepasst als ich. Ob du ihn genommen hättest?

Ich weiß es nicht.

Ich muss es aber wissen. Streng doch dein Hirn ein wenig an, Frau!

Er war zwar hin und wieder bei uns, hat aber nichts darüber verlauten lassen, weder er selbst, noch ein anderer für ihn.

Hin und wieder war er bei euch also! Hat er da auch übernachtet?

Ein-, zweimal bestimmt.

Da haben wirs! Dennoch nichts gesagt, seltsam! Hätt er es aber getan, wie wär deine Antwort darauf gewesen?

Ich weiß es nicht.

Ich aber: Du hättest, so wie du bist, nicht Nein gesagt! Und jetzt wärest du nicht meine, sondern seine Frau. Eben daher dein Haraldaj!

In der Jurte, während er sich von ihr ausziehen ließ, ging das Verhör weiter.

Dich stört also, dass ich trinke?

Habe ich das gesagt?

Gesagt hast dus nicht, nein, aber ich weiß es. Und soll ich dir sagen, weshalb ich trinke?

Dojnaa hielt inne, schaute ihn verwundert an.

Weil ich mir nicht sicher bin, ob das Kind von mir ist.

Sie ließ seinen bestiefelten Fuß fallen.

Die Wahrheit ist immer unangenehm.

Was heißt das?

Betroffen von dem, was ich eben sagte, verweigerst du mir schon den Dienst!

Sie griff nach dem ausgestreckten Fuß in dem schweren, staubigen Stiefel mit dem schief getretenen Absatz. Tränen standen in ihren Augen.

Es konnte durchaus sein, er sah das nicht, oder aber auch, gerade weil er es gesehen hatte und davon angestachelt war – jedenfalls sprang er auf, griff nach der Talgleuchte auf dem Herd, eilte damit an die Wiege auf dem umgekippten Dungkorb vor dem Bett, schlug mit der anderen, freien Hand den Vorhang zurück und hielt die zischelnde und brutzelnde, mit bläulicher Flamme brennende Leuchte dicht vor das winzige, runzelige Gesicht.

Da, schau hin, die Nase!

Dojnaa begriff erst später, was Doormak damit gemeint hatte. Die Nase bei dem Kind sollte weder nach der seinigen noch nach der ihrigen, dafür aber eher nach der von jenem, eben Haraldaj, geraten sein. Sie fand keine Worte darauf, spürte lediglich ein brennendes Ziehen hinter dem Zwerchfell, als ob eine scharfe Messerschneide darüber streifte. Hatte denn die Tante von dem Kind nicht gesagt, er wäre der Großmutter wie aus dem Gesicht geschnitten? Als sie den Mann daran erinnern wollte, schnitt dieser ihr das Wort ab: Ich kenne sie nicht! Wie traurig, dachte sie, dass einer selbst die eigene Mutter nicht kannte. Sie aber konnte sich an ihre Mutter noch recht gut erinnern, obwohl sie erst sechs Jahre alt war, als jene starb.

Merkwürdige Dinge geschahen nach jener Nacht, die Dojnaa mitten in ihrem Ehefraudasein um einen weiteren Hub fester gestampft hatte. Das Kind, es war ein Junge, erinnerte Morgen für Morgen mit einem weiteren Zug an den Vater, dass man meinen musste, er wuchs heran, um jeden Zweifel an seinen Zeuger auszulöschen. Doch Doormak schien das zu übersehen und klammerte sich nun erst recht an sein zweifelhaftes Gerede, was ihm zur Rechtfertigung seiner Trinkerei willkommen war. Auch die Tante blieb ehern bei ihrer anfänglichen Meinung, redete weiterhin von ihrer Schwägerin, deren Seele verspätet zu ihrem einzigen Sohn als Kind zurückgekehrt sein müsste. In den Augen derer aber, die es geboren hatte, war es ganz und gar der Vater. Doormak musste sein Gesicht von der Mutter, die er nicht kannte, geerbt haben.

Solche Gedanken in der einen Rille ihres Hirnes, war Dojnaa in einer anderen mit anderen Männern, am häufigsten und griffigsten mit Haraldaj beschäftigt. Besonders nachts, wenn sie döste, beim Warten auf die Rückkehr des Ehemannes, und später, wenn sie wachte neben ihm, der schnarchte, prasselnd und polternd, unter einer würgenden Fahne der Milchsäure und vieler anderer Gerüche. Dabei war sie gar nicht gewillt, es zu tun; im Gegenteil, sie wollte von keinem Mann, am wenigsten von dem, der nebenan lag, etwas wissen. Gerade deswegen vermutlich kam die Männerhorde auf sie zu und brach in das Land ihrer Gedanken ein. Jeder, der jeweils da war, glich einer Wand, die sie von dem trennte, zu dem sie gehörte.

Dafür empfand sie dem Eindringling gegenüber Wut, vermischt mit Dankbarkeit. Alle wollten von ihr ein und dasselbe. Auch sie wollte von allen nur eins, Zärtlichkeit. Aber keiner vermochte sie ihr zu geben. Jeder ging, sobald er genommen hatte, was er nehmen wollte. Der eine hatte es eilig, der andere etwas weniger, bleiben aber wollte und konnte niemand. Zum Schluss waren alle gleich, unterschieden sich nur außen, aber selbst da nur wenig. Der gleiche würgende Geruch, die gleiche klebende Speckigkeit, das gleiche lahme, lähmende Durcheinander. Jeder von ihnen hätte ihr als Erster das Angebot machen können. Hätte sie es erhört, so wäre am Ende doch nur dasselbe herausgekommen. Das war ein Grund mehr, Doormak auszuhalten.

Doch es gab einen, der sich nicht zu der Horde da gesellen wollte. Das war Haraldaj. Tauchte dieser auf, dann herrschte sonniger Friede über den Bergen, den Tälern und Steppen ihrer Gedanken, dann war dort kein Platz für einen anderen. Aber scheu war er, der Hund! Kaum war er erschienen, wollte er sich auch schon wieder davonstehlen. Und dies, ohne angerührt zu haben, was sie für ihn bereithielt. Ja, ginge es nach ihr, sie würde ihn lange, lange dabehalten, vielleicht für immer. Allein, er schien es nicht zu wollen. Sie stritt sich mit ihm. Tadelte ihn, weshalb er sich denn ihrem Mann gegenüber verraten habe, nachdem er sich doch, solange sie noch nicht vergeben war, so schafseinfältig angestellt und nichts hatte anmerken lassen von seinem Vorhaben mit ihr. Er schlug darauf zurück, ließ

Tadel herunterhageln: War sie denn dumm, gar unverschämt, solches zu behaupten? Hatte er ihr doch vielerlei
Zeichen gegeben. Sollte sie keines davon bemerkt haben,
dann müsste sie es schon damals gewesen sein: leer und
schwer, Wind und Wasser nur!

Jetzt konnte sich Dojnaa an seine Stimme erinnern, sanft
war sie und doch von verhaltener Erregung getragen. Es
musste also ein Sturm gewesen sein, dem Herzberg ent-
strömt und lange und wild über die Lungentäler und die
Nierensteppe gefegt, ehe er am Ausgang der eigenen Welt
ankam und, zur Brise gebändigt, endlich hinausstrich und
an das Ziel herandurfte. Auch fiel ihr der Blick der stillen
braunen Augen ein, hündische Treue hatte darin gewacht
und sonnige Wärme gestrahlt. Hilfsbereit war der schmal-
schultrige, schlaksige Junge mit dem blassen Gesicht voller
Sommersprossen gewesen. Und schüchtern! Sie, die arg-
lose Elefantentochter, hatte seine milde Gegenwart gern
genossen und seine kleinen Dienste bedenkenlos in An-
spruch genommen. Auch sie hatte ihm Dienste erwiesen,
mehr für ihn getan als für jeden anderen Wanderer, der in
der einsamen Jägerjurte eingekehrt war und sein Gastrecht
genossen hatte. Einmal hatte sie ihm eine zerrissene Hose
wieder zusammengenäht und ihn ein anderes Mal, als er
mit zu wenig Jagdbeute heimreiten wollte, einen Vormittag
lang zurückgehalten, hatte mitgejagt und den noch halb
leeren Kettenriemen aufgefüllt. Beide Male hatten seine
Backen vor Röte geglüht. Damals hatte sie es seiner Schüch-
ternheit zugeschrieben, es für Scham gehalten.
    Der jedoch, für den sie sich bereithielt, nicht anders
als eine Kanne Tee, ein Brocken Fleisch, eine ausgeklopfte
und ausgebreitete Matte, schien ein anderer als der, den sie

von früher kannte und der nun in der Gefangenschaft der gemeinen Welt der Dinge, des Klatsches und der Verstellung steckte. Der in ihr war vielleicht ehrlicher: undankbar, furcht- und schamlos und neigte zur Rache, die sie durchaus verdient haben mochte. Und dennoch vermochte sie nicht zu verstehen, wieso ein Mensch so hartherzig sein konnte, wie jener es gerade war. Oder reizte sie ihn dazu, indem sie ihn ständig anging? Aber sie konnte nicht anders, hatte ihren Grund dazu. Denn sie lebte schon lange mit dem all-einzigen Wunsch: käme er doch endlich! Er kam aber nicht, und das, soweit sie es beurteilen konnte, ohne Grund. So verletzte er sie mit jedem Tag, der hinter die Berge ging, immer schwerer und schuf mit jeder Nacht, die darauf folgte, immer mehr Anlass, herbeibeschworen zu werden. Doch sollte er wirklich kommen, so würde er zumindest mit wutgeladenen Gedanken empfangen werden.

Allein, er blieb und blieb aus. Dafür kamen andere Männer, die lärmend von Ail zu Ail jagten, torkelnd von Jurte zu Jurte gingen, grölten und prahlten, um sich pinkelten und kotzten und Hunden und Menschen auf den Geist fielen. Die sich herumtrieben, waren solche wie Doormak, der auch irgendwo herumstreunte, dem Schnaps auf der Spur, knietief in dem irrigen Glauben, sich durch den Tag festen zu müssen, um erwachsen und männlich zu wirken. Solche Reiterhorden tauchten an manchen Tagen mehrmals am Steppenrand auf, und man musste dann dafür sorgen, dass sie den gesuchten Schnaps unverzüglich vorgesetzt bekamen, damit sie schnell wieder verschwanden.

Doch half da manchmal selbst der beste Vorsatz nichts. Besonders dort, wo eine jüngere Frau in der Nähe war, räumten die Gierenden nicht so schnell das Feld. Und eine Gier erzeugte die andere. Dojnaa spürte die auf sie zielende männliche Geilheit mit all ihren Hautporen so deutlich wie sengenden, klebenden Dampf. Längst aber beherrschte sie den Kniff, mit dem sie sich davor schützen konnte: dicke, tote Haut herauskehren. Sah sie einen zu nah an sich herantreten, so wusste sie ihre unsichtbaren Borsten aufzusträuben und eine drohende Geste zu zeigen, um jenen einzuschüchtern. Dabei kam sie sich wie eine Wölfin vor, an der ein ganzes Rudel hing. Freilich handelte es sich hier um eines ohne den Leitrüden; der war läufig geworden und hatte sie, seine Wölfin, einer Horde von Nacheiferern überlassen. Dabei wurde ihr bewusst, dass der Vergleich irgendwie hinken musste, da er von Menschen auf Wölfe willkürlich übertragen war. Sie zweifelte daran, dass in der Welt der Tiere solches vorkommen konnte.

Doormak blieb immer länger und so manches Mal schon über Nacht aus. Sie fragte ihn, wenn er am nächsten Tag wieder da war, nie danach, wo er gewesen sei. Da kam ihr ans Ohr, dass er bei Inej übernachtete. Sie vernahm es, bewahrte aber Schweigen. Dies, da sie nicht wusste, was darauf sagen. Begeistert war sie bestimmt nicht, traurig deswegen aber wohl auch nicht. Ihr war nur, als würde sich ihre Haut verdicken und verhärten zu einer schorfigen Rinde. Vielleicht war sie schon auf dem Wege zu einer Espe, ein wenig zu früh zwar, aber sie wusste von ehrwürdigen alten Männern und Frauen mit Espenrindenhaut im Gesicht und espenastigen Fingern an den Händen, und so hatte sie nichts dagegen. Noch war sie ja eine junge Espe, die grünte und eine Sprosse hatte, ihr Kind. Noch stand sie gut verwurzelt und sturmfest auf dem Boden des Lebens, war voll im Saft und ragte gerade auf inmitten des Menschenwaldes. Käme die Zeit des Alters, so würde sie womöglich zu einer Temir Terek, einer eisernen Espe, einer aus den Epen werden; dessen war sie sich sicher.

Eines Nachts kam Doormak wieder angetrunken heim und machte sich gleich über sie her. Doch bald wurde er wütend und brach inmitten der Plackerei ab. Er meinte, sie wäre träge und gliche einem Klotz. Inej dürfte da ganz anders sein, entfuhr es ihr und das brachte ihn zur Weißglut. Was erlaubst du dir, elendes Weib, dass du ihren Namen in den Mund nimmst?!, schrie er sie an. Worauf ein Wortschwall folgte. Ein edles Wesen, eine Vollblutfrau nannte er jene, und fest blieb ein Wort an ihrem Trommelfell haften: Eine Passgängerin sollte die zerbrechliche, ziegengesichtige Witwe sein! Viele Tage lang dachte sie darüber nach, was wohl der Gang eines Kamels mit einem Menschen zu tun haben könnte. Schließlich zog sie jemanden zurate und erfuhr: So würde man eine Frau nennen, die im Bett flink war, das hieß, sie käme dem Manne in jeder Bewegung entgegen. Und solche wären so selten wie Pass gehende Pferde und daher von Männern begehrt.

Der Sommer ging zur Neige. Jetzt wurden auch echte Feste gefeiert. Die Genusssüchtigen führten erst recht ein süßsaures, aushöhlendes Leben. Nach vielen Nächten kam Doormak wieder einmal dazu, sich an die eigene Frau heranzumachen. Diese zeigte sich nicht so schwerfällig wie sonst, und kaum lugte er in sie hinein, da kam sie ihm mit wackelndem, federndem Hintern entgegen. Schnell war er ausgenüchtert vor Überraschung und dachte beglückt: Passgang bei diesem Körper, das wird was geben! Er kam sich wie der Besitzer eines großen Reichtums vor und war stolz darauf. Doch irgendwie kam ihm das alles unwahrscheinlich, ja verdächtig vor. Sogleich entfachte das in ihm die Eifersucht. Es fiel die hämische Frage und traf die Ärmste, die mittlerweile so weit war, sich hemmungslos hinzugeben: Wer hat dir das beigebracht, wer?

Das war das Ende. Schon erlosch sie. Darüber hinaus war das der Anfang von etwas anderem, denn ihr entfuhr ein Name: Haraldaj. Natürlich sprang der Sich-Ereifernde und Suchende, der Eifersüchtige, gleich darauf an und begann, nach weiteren Geständnissen zu bohren. Zwar erbrachte das nichts mehr, aber er selber kam in Raserei und packte aus. Er nannte ihr vier Frauen, die er abwechselnd gebrauchte. Dojnaa blieb stumm, schien ihre Sinne gepackt zu haben und mit ihnen weit weg gegangen zu sein. Sie war bei jenem, den sie den Hartherzigen, den Wasserköpfigen, den Unmenschen, aber auch ihren All-einzigen nannte, in den sie sich verkriechen und dort Schutz vor dem Tobenden zu finden suchte. Der klobige Körper lag da wie abwesend, nur noch dazu fähig zu atmen und stille, ätzende Tränen auszuströmen, die den Sinnen hinterhereilten.

Nächte später wurde Doormak einmal darauf aufmerksam, dass seine Frau mit entblößtem Unterteil dalag. Er fragte, wozu und bekam zu hören: Damit er immer Zugang hätte, ohne sie erst wecken zu müssen! Mehr erfuhr er nicht. Wenn er aber Gedanken hätte lesen können, dann hätte er auch dieses zur Kenntnis genommen: Bin eine Birke, und der Saft, der drinnen gärt, gehört dir. Sollte sie eines Tages vertrocknet sein, dann darfst du das tote Holz spalten, zerhacken und verbrennen, um dich zu wärmen, denn du bist der Mann, mein Ehegatte.

Ab da achtete er jede Nacht darauf und musste mit Schreck und Entrüstung feststellen, dass sie beharrlich bei ihrer Nacktheit blieb. Der entblößte Hintern der schlafenden Frau kam ihm riesig vor. Nur in Notfällen machte er sich an ihn heran. Und Not herrschte in der kalten, längeren Hälfte des Jahres. Wenn sich die Jurten in windgeschützte Falten tief in den Bergen zurückzogen, dann breitete sich die Zeit der Einsamkeit über alle, und man war dem Eheleben ausgeliefert. Also musste man nehmen, was gerade da war. So kamen auch Kinder, eines nach dem anderen. Sieben Stück insgesamt, von denen drei blieben. Sie sollten alle nach ihm, dem Vater, geraten sein. So war die allgemeine Behauptung, und er tat, als wenn er sich darüber freute und darauf stolz wäre. Im tiefsten Versteck seines Herzens aber spürte er Schmerzhaftes. Der allzu üppige Kindersegen, der mehr mit dem Tod als mit dem Leben endete, kam ihm wie eine Belästigung, wie eine Beleidigung für seine Jugend vor.

Jahre hatten sich davon gemacht, ehe man sich endlich im Gestrüpp des eigenen Lebens zurechtfinden konnte. Doormak und Dojnaa waren längst kein neues, auch kein junges Ehepaar mehr. Dreizehn Jahre steckten sie schon unter einem Dach. Sie waren miteinander verstrickt. Es waren vor allem die Kinder, die eines nach dem anderen kamen und zum Teil wieder gingen. Es war ein stilles Kommen und Gehen. Aber Spuren blieben immer, auch bei ihm, dessen Anteil einzig darin zu bestehen schien, sie zu zeugen. Ganz so war es am Ende aber doch nicht, denn einen Kindskörper, gleich ob glühend oder erkaltet, in der Hand zu halten, wog bei dem, der an dessen Entstehung schuld war, immer schwer. Es war wohl der Name des Lebens und des Todes, der drückte. Auch war es sein, Doormaks, Name, der hundertfach in den Mund des Volkes kam, wenn es um eines seiner Kinder, um eine der Folgen seiner Taten ging. Nach einer erneuten Geburt oder einem erneuten Tod kam es ihm vor, als ob ihm ununterbrochen die Ohren klängen.

Es waren vor allem die Weiber, mit denen man verkehrte. Sie waren unermüdlich in ihrer Klatschlust, unverbesserlich in ihrer Eifersucht. War die Schwangerschaft dem Bauch seiner Frau wieder anzusehen, erhob sich die Brise des Tratsches und wusste immer zum Sturm anzuwachsen. Am schwersten war es mit Inej. Doch für sie hatte er Verständnis. Sie hatte zwei Schwangerschaften unter dem Mann gehabt, der sich, noch blutjung, zu Tode gesoffen hatte. Nach jenem, sozusagen hautwarm übernommen, hatte er mit ihr fast unzählige süße Nächte verbracht, nun schon seit Jahren, aber nichts passierte. Er begriff die Welt einfach nicht. Wenn es nach ihm gegangen wäre, hätte er gleich sie genommen. Aber die Verwandtschaft war dagegen und in diesem Falle auch mächtig. Später, als Dojnaa zum dritten oder vierten Mal in guter Hoffnung war, flüsterte ihm die Tante drohend zu: Gib zu, bei deiner Witwe mit dem Gesicht und dem Hintern einer Ziege hättest du solches niemals gesehen!

Manchmal war er geneigt, den Ahnengeistern zu glauben, die aus den älteren Mitgliedern einer jeden Sippe sprachen und Anweisungen erteilten. Hätte es die Tante und einige andere nicht gegeben, er hätte Inej genommen. Doch wäre dies geschehen, so wäre er kinderlos geblieben. Dieser Gedanke war ihm unerträglich. Sich aber einzig mit der Frau, die ihm mehrfach seine Fortsetzung geschenkt hatte, zu begnügen und auf die Kinderlose gänzlich zu verzichten, wollte und konnte er auch nicht. Zu seiner Rechtfertigung legte er sich ein Gedankengerüst zurecht und klammerte sich daran fest: Dojnaa war die Mutter seiner Kinder und Inej die Frau seines Herzens. Die anderen, die er nie als Frauen, sondern nur als Weiber bezeichnete, waren die Weide seiner Gelüste, die Ablegebüsche des streunenden Rüden in ihm. Dadurch, dass er diese hin und wieder beschnüffelte und benässte, fühlte er sich gleichwertig mit den anderen Männern. Denn alle machten es so.

Dann waren es auch weitere Todeserlebnisse, die sie gemeinsam betrafen und miteinander verbanden. Zuerst traf es ihren Vater, den Elefanten, er wurde von einem Bären gerissen. Beide lagen, längst tot, in einem beträchtlichen

Abstand voneinander, der Dolch des Jägers steckte noch in der Brust des Bären. Doormak eilte mit anderen Männern zur Unglücksstelle, nachdem die Nachricht eingetroffen war, und begrub den Toten. Dann zog man dem Bären das Fell ab, das keinerlei Schusswunde aufwies. Es war im zeitigen Frühjahr. Das Tier, soeben aus dem Winterschlaf erwacht und hungrig, musste auf den Menschen losgegangen sein. Dojnaa konnte damals nicht mitkommen, sie lag gerade wieder im Wochenbett.

Bald darauf starb Dormaaks Tante einen langwierigen Tod. Die einzige Person, die mit der Kranken immer gut zurecht kam und die diese auch bis zuletzt an sich heranließ, war die Schwiegernichte. Sie hätte feste, warme und weiche Hände, wie auch ihre Seele beschaffen sei, behauptete die Dahinsiechende. Dojnaa hatte sich mit der Frau von Anfang an gut verstanden. Sie war ihr wie eine Mutter. Daher war sie von ihrem Ende genau so hart getroffen wie von dem des eigenen Vaters. Zumal beides im Abstand von nur wenigen Monaten passierte, fühlte sie sich doppelt, dreifach verwaist. Nun hatte sie an nächsten Menschen im Leben nur noch ihre Kinder und deren Vater, wobei die Ersteren noch klein waren. Also war es einzig Doormak, an den sie sich vorerst noch anlehnen konnte.

Ähnliche Gedanken entwickelten sich hinter der Stirn des Familienoberhauptes. Durch den Abgang der Frau, die in seinem Leben, solange er sich erinnern konnte, die Mutterstelle besetzt gehalten hatte, musste nun die Ehefrau unplatziert, höher gestuft und näher geholt werden. Sie sollte die vor Leere gähnende Stelle einnehmen und wie seinen Kindern, so auch ihm ein wenig die Mutter sein. Das passte gut zu seinem Wunsch: Inej konnte dadurch seinem Herzen noch näher rücken und weiteren Schwung im Pendeln über seiner Ehe bekommen, um deren unsichtbarer, doch allseits störender Außenhülle möglichst viele Schrammen zuzufügen, wenn es ihm schon nicht gegeben war, sie zu zerreißen. Was die mütterliche Ehefrau wahrscheinlich kaum stören würde. Er glaubte einfach nicht, dass sie sich je durch etwas stören lassen könnte. Damit hatte er nicht so Unrecht, denn Dojnaa war längst abgestumpft, und ihr war gleichgültig, mit wem und wie er es trieb. Diesbezügliche Gedanken hielt sie für überflüssig und schädlich, da sie ermüdeten. Deshalb war sie bemüht, abgeschirmt von solchen zu leben.

Doch gab es hin und wieder Anlässe, die sie an das erinnerten, was der Mann draußen trieb. Es waren zugeflogene Klatschsplitter oder Spuren, die die Witwe oder eines der Weiber an ihm hinterlassen hatte. Dabei spürte sie zwar immer einen kleinen Brechreiz, dachte aber: Ach, es ist ja letzten Endes sein Körper, und er kann doch damit verfahren, wie es ihm gerade einfällt!

Diesem schloss sich einmal auch ein anderer Gedanke an: Ich muss ständig im Nest hocken wegen der Kinder, wären sie nicht da gewesen, wer weiß, was ich alles getan haben könnte, vielleicht hätte ich mich längst auf den Weg zu jenem gemacht. Sie hatte nicht aufgehört, an ihn zu denken, und das fand sie seltsamerweise weder überflüssig noch schädlich. Im Gegenteil, es gab ihr ein wenig Halt gegen die unaufhaltsam voranrückende Zeit. Man konnte meinen, es machte neben Kinderpflegen, Kühemelken und Dungsammeln ihr Leben mit aus, dass sie ab und zu den Kerl in sich weckte, um ihre von den Kindern übrig gebliebene Zärtlichkeit und die letztlich nur noch glimmende Restwut ihrer Mädchenzeit an ihm auszulassen. Wäre sie doch nicht gerade wieder schwanger oder hinge nicht ein Säugling an ihrer Brust, sie würde bestimmt hinreiten, wieder und wieder. So versuchte sie, Verständnis für den Mann aufzubringen.

Und schließlich waren sie durch die Wirtschaft miteinander verbunden. Sie war gewachsen, nachdem ihnen zuerst die gesamte Hinterlassenschaft des Elefanten und dann ein Teil der Tante zugefallen war. Es war vor allem die ganze Reit- und Jagdausrüstung des ruhmreichen Mannes, und wäre der, dem das alles zugeflogen, ein Besserer gewesen, es wäre schon allein damit eine Familie zu ernähren gewesen. Aber Doormak hatte keinen Sinn für die Jagd und Dojnaa keine Zeit. Auch wusste sie nicht, ob sie als verheiratete Frau, als Mutter, noch Wild erjagen, Leben auslöschen durfte. Andere taten es nicht. Dann waren da auch noch eine Hand voll Yaks und Pferde, sogar eine Stute darunter.

Es war nicht ausgesprochen, es brauchte auch nicht unbedingt getan zu werden, aber das stumme Einverständnis, das alles zu erhalten, in der Not gar zu verteidigen und nach Möglichkeit zu vermehren, lag zwischen ihnen, hielt sie zusammen.

So also steckten sie unter einem Dach, in einem Bett, lebten vom unsichtbaren, doch allgewaltig wirkenden Band der Ehe miteinander verstrickt, ohne Aussicht auf etwas anderes, auf eine Befreiung voneinander. Sie lebten mit der nie ausgesprochenen, aber mit jedem Atemzug empfundenen Gewissheit, in dem Zustand auszuharren, bis der Tod sie entzweite und erlöste. Doch da passierte es.

An dem Tag war selbst die Sonne unpässlich gewesen, fiel Dojnaa später ein. Bläulich-grünliche Kanten hatten ihre Strahlen gehabt, die durch eine kleine Herde Lämmerwolken hindurchstachen und als flammende Lanzen auf den leuchtenden Gipfel des Haarakan zielten. Doormak war zu Hause und war nüchtern. Er war es seit Tagen, denn der Herbst ging auf sein Ende zu, und die Milch wurde rarer. Mit ihr aber auch ihr Geist, der Schnaps, den man zuerst durch Gären zur Unruhe brachte, dann durch Erhitzen zur Flucht zwang und schließlich durch Abschrecken lähmte und abfing. So von dem großen allsommerlichen und herbstlichen Besäufnis wieder einmal ausgenüchtert, saß man endlich wieder fest daheim und versuchte, seine immer noch streunenden Gedanken zu sammeln und zu bündeln. Er hatte nämlich einen Handel im Sinn. Ein Motorrad sollte her, und das war teuer. Die Pferde und Yaks, die von selber gekommen waren, sollten wieder gehen und auch die beiden Gewehre mit der gesamten Jagdausrüstung.

Die Stute und die Gewehre bleiben hier, sagte Dojnaa. Doormak schaute überrascht auf. Schon die Bestimmtheit in ihrer Stimme gefiel ihm nicht. Es war das erste Mal, dass sie so auftrat. Längst lebte er in dem Glauben, er habe endlich sein Ziel erreicht und könne über alles bestimmen. Er brauchte das Zeug und musste deshalb schnell ihren Widerstand brechen. So fuhr er sie zornig an:

Wer ist hier das Oberhaupt dieser Hütte, ich oder du!? Gewiss bist du es.

Also dann. Du wirst dich nicht in das einmischen, wofür ich mich als Mann in Gedanken schon entschieden habe!

Aber ich bin hier nicht nur die Ehefrau, bin auch die Mutter von Kindern.

Was hat das mit den Kindern zu tun?

In der jungen Stute steckt vielleicht eine ganze Pferdeherde, so wie in mir, der menschlichen Stute, eine ganze Menschenhorde gesteckt hat. Wenn die Kinder heranwachsen, sollen nebenan auch ihre Reitpferde mitwachsen. Und die Gewehre werden deine Kinder und ihre Kinder vielleicht ernähren, so wie sie ihre mütterlichen Vorfahren ernährt haben.

Die Worte leuchteten ihm sofort ein. Mehr noch, in ihrem Lichtschein wirkte die Tat, die er zu begehen gedachte, verkehrt, und die Worte, die er zu seiner Rechtfertigung in sich trug, sinnlos und blass. Das verunsicherte ihn.

Überhaupt war ihm mit den Jahren klar geworden, dass die bullige Frau in ihrem Innern gar nicht so grob aussehen konnte, wie sie ihm anfangs erschienen war. Ihre Urteilskraft wirkte durchaus überzeugend. Und zuverlässig arbeiteten ihre Sinne. Die Bettgeschichte lag freilich abseits. Dafür war sie aber fruchtbar wie eine Ziege, so sehr sie auch von Erscheinung und Reiz her eine ganz andere zu sein schien. Diese Erkenntnis hatte in seinen Augen den Wert der Frau gesteigert. Doch in den Stunden des Missmutes hatte gerade dies auf sein Gemüt störend, ja drohend gewirkt.

So war es auch jetzt. Wieder einmal fühlte er sich von ihr angegriffen, seine Stellung als Mann gefährdet, wie auf der Kippe, gleich der Lächerlichkeit preisgegeben zu werden. Er glaubte, sich wehren zu müssen und tat es sogleich: Versetzte ihr eine schallende Ohrfeige. Was sie überraschte und einschüchterte, denn sie verstummte und blieb still. Das war der erste gezielte und sitzende Schlag in all den Ehejahren. Bisher hatte es zwar Fausthiebe und Fußtritte gegeben, aber da war er immer betrunken gewesen, also waren sie mehr angedeutet als wirklich erteilt. Nun aber der gelungene Backenstreich, der das Weib gleich um ihren Kopf mit der frechen Zunge zu verkürzen schien. Auch er selber war überrascht von seiner Handlung und von deren Folge. Er empfand es wie ein Hund, der mehr versehentlich als willentlich einen Wolf zu Boden gestreckt hatte. Und wie der Hund wünschte er sich nichts sehnlicher herbei, als die soeben vollbrachte Tat bei nächster Gelegenheit zu wiederholen.

Da aber fing das mittlere der Kinder, der Bengel mit dem Spitznamen Suggarak, Wasserauge, zu plärren an, und Ederge, die Kleine, fiel sogleich mit lautem Geschrei in das Geplärre ein. Doormak ging brüllend und mit auseinander gestreckten, zuckenden Fingern auf die beiden los, packte jedes am Kragen, riss sie hoch und stieß sie gegeneinander. Dumpf knallte es, und in dem Augenblick, in dem die Stimmen wegblieben, um kurz darauf mit neuer, verdoppelter Stärke auszubrechen, erreichte Dojnaas rechte Hand die linke Schulter des Mannes, der darauf rückwärts schwankte, bis er hart auf den Steiß plumpste.

Die Hände hatten von den Kindern abgelassen, das Gesicht wutverzerrt und aschgrau, wandte er sich der Frau zu, die breitbeinig und mit bebenden Nüstern dastand. Während er sich anschickte aufzustehen, hörte er sie zwischen den Zähnen hervorgezischt sagen: Mit mir kannst du verfahren wie du willst, nicht aber, solange ich lebe, mit den Kindern!

So?, brachte er dumpf aus sich heraus und rannte hinaus. Wenig später hörte sie ihn rufen: Komm her, du bemöster menschlicher Bulle! Sie trat aus der Jurte. Da stand er, in jeder Hand einen Stein, einen schafschenkellangen, kantigen, weißen in der Linken und einen yakknöchelgroßen, rundlichen, roten in der Rechten, und machte

Anstalten, diese nach ihr zu werfen. Sie dachte, er wolle ihr bloß Angst machen, denn sie vermochte sich nicht vorzustellen, dass ein Mensch einen anderen wie einen angreifenden Hund oder ein ausreißendes Yak mit einem Stein bewerfen könnte. Aber im nächsten Augenblick musste sie erleben, dass gerade das geschah, was sie soeben für unmöglich gehalten hatte. Der rote Stein flog herüber und traf sie an der Schulter. Und das tat arg weh, sodass sie für eine kleine Weile nicht mehr wusste, was sie tun sollte. Weiter musste sie hören: Ich werde dir elendem Weib die Knochen zerschlagen, um zu sehen, ob du auch dann noch deinem Ehemann den Gehorsam verweigerst! Nachdem die Worte ausgesprochen, ausgeschrien und dem Stein hinterhergeschleudert waren, bückte er sich nach einem weiteren.

Das sah sie und wusste: der nächste Stein würde kommen und es würde, dem Himmel sei Dank, wieder nicht der kantige, weiße sein, und schließlich, dass sie nun, wie sie es für einen Augenblick vorgehabt hatte, auf keinen Fall auf ihn zugehen durfte, da er dann den gefährlichen Stein einsetzen würde. Tatsächlich kam schon der nächste Stein geflogen, es war ein kleinerer, flacher. Er traf sie ungünstig an der Rippe, und es tat sehr weh. Sie schrie auf und rannte davon, um sich vor den nächsten Würfen in Sicherheit zu bringen. Da fiel ihr Blick auf einen Birkenstamm. Er war reichlich zwei Klafter lang und armdick am dünnen Ende. Unlängst aus dem Wald geholt, sollte er zu einer Jurtenstützstange gegen Stürme zurechtgehauen werden.

Sogleich sprang Dojnaa auf den Baumstamm zu, packte ihn in der Mitte und riss ihn hoch. Das Holz war noch grün und biegsam, es eignete sich gut als Waffe. Damit ging sie auf ihn los. Mehrere Steine flogen herüber, gingen aber seltsamerweise alle am Ziel vorbei. Zuletzt kam auch der gefährliche weiße Stein herangeschossen, auch er verfehlte sein Ziel, ihren Kopf, sehr knapp. Sie spürte am Gesicht den Wind, der ihr züngelnd wie eine Flamme vorkam. Das gab ihr den Rest: Sie rannte los, das dünne Ende unter den linken Arm gestemmt. Auf Reichweite angekommen, schwang sie das dicke Ende gegen die Taille des Mannes. Dieser brach schreiend zusammen. Als sie den Baumstamm fallen ließ und sich dem zu Boden Geschlagenen näherte, war er bei vollem Bewusstsein und sprach feierlich bestimmt: Damit du es weißt, Hündin, ich werde dich samt deinen Welpen ausrotten!

Dojnaa stand eine Weile sinnend da. Dann bückte sie sich entschlossen über den immer noch Liegenden, löste ihm den langen, breiten Seidengürtel, band ihm damit die Hände am Rücken zusammen und befestigte sie am Baumstamm. Dies zu tun, fiel ihr nicht schwer. Den anfänglichen Widerstand, den er zeigen wollte, brach sie sogleich rücksichtslos. Derweil waren alle drei Kinder aus der Jurte getreten, standen zusammengedrängt in einiger Entfernung und greinten lauthals. Nun sahen sie die Mutter mit federndem Schritt, schwungvoll schlenkernden Armen und einem wilden, stechenden Blick auf sie zu eilen und hörten sie sagen: Dung sammeln! Jäh brach das Jammergeschrei ab und es war nur noch ein unterdrücktes Geschluchze zu hören. Die beiden Größeren gingen an die Körbe. Nur das Jüngste, der vierjährige Maelaj, stand abwartend, denn er wusste, er würde vorerst wie ein menschliches Füllen hinter der beladenen Mutter hertrotten, und sobald er etwas Brauchbares fände, es aufheben und ihr weiterreichen.

Einen Korb schultern und der Jurte den Rücken kehren,

war die nächstliegende Fluchtmöglichkeit, die Dojnaa gegeben war, wenn ihr etwas nicht passte. Über die Steppe hastend und Dung sammelnd kam sie dann zur Ruhe. Am liebsten ging sie da allein. Heute nahm sie die Kinder mit, um sie in Sicherheit zu wissen. Vielleicht würde der Zorn des Mannes verrauchen, wenn er eine Weile in der Kühle allein läge und darüber nachdächte, weshalb es dazu gekommen war, dass er, ein erwachsener, nüchterner Mensch, die Mutter seiner Kinder nicht anders als eine tollwütige Hündin erschlagen wollte, und diese ihn, den Ehemann, niedermähen und einem Verbrecher gleich in Fesseln und an den Block legen musste. Aber sie hatte auch noch etwas anderes im Sinn, als sie sich entschloss, auf Suche nach Dung zu gehen. Gerade stand die Nachbarsjurte menschenleer, aber jemand war bestimmt in der Nähe. Tante Anaj oder Onkel Ergek würden ihr schon sagen können, was nun zu tun wäre. Wenn nötig, könnten sie ihr und ihren Kindern auch beschützend zur Seite stehen.

Es war aber niemand in Sichtweite. Und ihr fiel, so sehr sie über die Steppe hin und her hastete und in sich nach etwas suchte, nichts ein, was sie mit dem gefesselten Mann später anstellen sollte. Indes wurde der Korb voll. So ging sie heimwärts, in der bangen Hoffnung, sein Zorn möge vergangen sein. Ihr vorauseilender Blick aber stieß anstatt auf den liegend Gefesselten auf zwei fremde, gesattelte Pferde. Ihr wollte das Herz zerspringen vor Scham. Vielleicht hat er sich selber befreit, dachte sie. So mochte es gewesen sein, wünschte sie sich, Seide lockerte sich doch leicht! Sie musste aber dann, in der Jurte angekommen, erfahren, dass es anders war.

Die Reiter waren zwei junge streunende Männer, bereits angeheitert, wer weiß vorher, und nun erst recht auf der

Suche nach einem Restchen Sommer. Sie empfingen die Frau in ihrer eigenen Jurte lärmend, in jeglicher Hinsicht unverhohlen, wie nur auf Schnaps Versessene es sein konnten. Neckende, bettelnde und auch erpressende Worte: Hole das Kännchen aus dem Versteck, und wir haben nichts gesehen!

Dojnaa hatte weder Kanne noch Flasche im Versteck. Aber auch, wenn sie etwas vorzusetzen gehabt hätte, hätte es geholfen? Einen von ihnen könnte man vielleicht zum Schweigen überreden, aber gleich zwei davon niemals. Dennoch machte sie in aller Eile Feuer, kochte Tee, kochte Fleisch, wie es sich gehörte. Die Männer taten sich daran gütlich, gingen aber dennoch unzufrieden.

Am gleichen Tag ging auch Doormak.

Zeit war seitdem vergangen, und manches war geschehen, viel mehr, als es nach außen erscheinen mochte. Innerlich war Dojnaa zu Mute, als wenn sie eine Bestandsaufnahme über die Ehejahre gemacht hätte, die ihr noch vor kurzem wie unmerklich vorübergehuscht vorgekommen waren. Nun war ihr, als zerlege sie jedes der Jahre in Tage und Nächte, so wie man ein erlegtes Wild in kleine, bestimmte Teile zerlegte. Und an manchem Stück knabberte sie dann wie an einem Halswirbel oder einem Röhrenknochen herum. Es gab viele gute Stücke, seltsamerweise. Denn selbst das, was ihr damals lästig vorgekommen war, fand sie jetzt schön. Und der Rest war durchaus erträglich.

Sie merkte, sie hatte sich an die Nähe eines Mannes, an das Leben neben ihm, das Eheleben gewöhnt. Und die Zweisamkeit war es, die ihr jetzt fehlte; mit jedem weiteren Tag und jeder weiteren Nacht wurde es ihr in der Jurte ohne das männliche Oberhaupt zusehends unerträglicher.

Von ihr aus dürfte sich der Mann jeden Tag betrinken, sie jede Nacht verhören und auch sonst wie mit ihr verfahren. Fehlte ihm die Kraft in den Fäusten, dann könnte er ruhig auch Steine nehmen. Nur wiederkommen sollte er! Heimkehren und nur durch sein Hiersein sie, seine Ehefrau, und seine Kinder beglücken. Die Ehe, der die Hälfte fehlte, sollte endlich wieder ganz sein.

Was sie als lästig empfunden und im Schlaf oft an sich vorbeigelassen hatte, das fehlte ihr jetzt bitter und schwer und drohte zu einer Krankheit zu wachsen.

Eines Nachts bellten die Hunde lang und wild. Später vernahm man herannahendes Hufgepolter und Schnauben von einer ganzen Pferdeherde.

Dojnaa schnellte auf, fuhr im Dunkeln in die Stiefel, warf sich den Tonn über und tastete sich hinaus. Im selben Augenblick ging auch die Tür der anderen Jurte auf. Auf halbem Weg traf sie Onkel Ergek und eilte dann mit ihm an ihrer Seite der herbeipreschenden Herde entgegen. Dabei schickten sie zu zweit unaufhörlich beruhigende Rufe voraus. Eigentlich war es eine im großen Gefüge stille, nach Frieden anmutende, unwinterlich milde Nacht. Der Himmel war spiegelklar und stand im hellen Flammenschein des aus abertausenden von kleinen Herdstellen her lodernden Feuers.

Der alte Mann hatte eine junge, helle und weiche Stimme, sie enthielt etwas Beruhigend-Beunruhigendes. Und die Brust, aus welcher die Stimme kam, wirkte gewaltig, obzwar der gesamte Körper um einiges kleiner war als der ihrige. Dafür wiederum strömte dieser gedrungene, an den Schultern leicht gebückte Körper etwas aus, durch das sie sich wie hinter einem Felsen wind- und wettergeschützt vorkam.

Das müssen die Jahre sein, dachte sie manchmal, die sich auf ihm aufgetürmt haben, sichtbar an den Spuren. Dann und wann wiederum meinte sie, es könnte die Männlichkeit sein, die das ausgehungerte Weib in ihr aufgespürt hatte, wie der Iltis seine Beute durch das hohe Gras, den dicken Schnee, selbst die feste, steinige Erde hindurch zu wittern vermochte.

Die Herde kam herangerast. Dumpfes Donnern ging von ihr aus, da und dort mit einem hellen splitterhaften Gewieher durchzuckt. Die Tiere mussten schwer verschreckt sein, konnten lange nicht zur Ruhe finden. Auch als dann ein jedes von ihnen zum Stehen gekommen war, saß ihnen die Todesangst, glimmender Glut gleich, immer noch in den Augen. Dojnaa, die längst dabei war, wie Ergek auch, in überstürzter Hast nach den bekanntesten der eigenen Pferde zu suchen, stockte plötzlich der Atem, und eine Weile später entfuhr ihrer Brust ein leiser, spitzer Jammerschrei. Der Mann eilte zu ihr, berührte sie mit den Fingerkuppen leicht am Ellbogen und fragte mit weicher, leiser Stimme: Was ist, mein Kind? Die Stute!, sagte sie mit brechender Stimme und begann, stumm zu zittern. Doch dann atmete sie immer heftiger und brach mit einem Mal in Tränen aus. Ergek blieb dort, wo er stand, wie angewurzelt. Er war ratlos und hatte die Herde, die unter dem Lichtschein der Sterne zu flackern und zu zucken schien, noch einmal schnell gesichtet und sich davon überzeugt: Die Stute fehlte tatsächlich.

Es war eine schwere, aber auch schöne Nacht. Ergek weinte mit ihr. Dabei waren seine Augen nur leicht bewölkt, seine Tränen flossen nach innen. Sie galten jedoch weniger der Stute, die erst dreijährig und trächtig gewesen war. Inzwischen bereits tot, aufgerissen und dampfend irgendwo draußen in der Bergödnis liegend, hatte sie mit ihrem heißen, schäumenden Blut und ihrem weichen, würzigen Fleisch einem Wolfsrudel den Hunger und die Gelüste stillen müssen. Seine Schmerzen galten vor allem dem Menschenkind nebenan, dessen Pech in diesem Augenblick und im Leben überhaupt. Er hatte das Mädchen von

Anfang an sehr gemocht. In jungen Jahren hatte er gegen ihren Vater einige Male ringen und ihn trotz der Niederlagen wie jeder angehende Ringer damals auch verehren dürfen. War es vielleicht deswegen? Später hatte ihre Schwiegertante, schon bettlägerig, ihn und seine Frau kommen lassen und sie beide beim Wechseln der Schnupftabakflaschen gebeten, künftig für die beiden und ihre Kinder vier weitsichtige Augen, vier hellhörige Ohren, zwei offene Münder und zwei glühende Herzen zu sein. Dabei hatte die Sterbende die Schwiegernichte ein Himmelskind und den Neffen ihr Sorgenkind genannt. Kurz nach dem Ende der Tante hatte das junge Ehepaar die Nähe des älteren aufgesucht, und sie waren seitdem nicht mehr auseinander gegangen.

Dojnaa weinte lange. Die Stute, von der sie eine ganze Herde für ihre heranwachsenden Kinder erwartet hatte, war nun tot und drückte schwer auf ihre Seele. Aber nicht deswegen allein weinte sie. Es war ein Vielfaches, das sie verloren hatte, um das sie betrogen worden war in diesem Leben. Das Unglücksvieh, das seine jungen behuften Beine vergebens gehabt hatte, wenn es sich so einfach von den Wölfen erwischen ließ, hatte nur etwas ausgelöst, das lange in ihr gelegen und auf einen Anlass gelauert hatte auszubrechen. Mit einem Mal fiel ihr der schrecklich frühe Tod ihrer Mutter ein, und das ging ihr brennend über das Zwerchfell.

Dem folgten weitere Stiche und Striche. Es war der Tod des Vaters, der für sie noch schrecklicher gewesen war, dann der der Tante, die die klaffend leere Mutterstelle wenigstens halbwegs ausgefüllt hatte, der von ihrem Töchterchen, das gerade dabei war zu krabbeln, der ihres Jungen, der schon die ersten Schritte machte, und jener ihres rätselhaften Säuglings mit dem stillen, weisen Blick und schließlich der von Uwaj, ihrem Ebenbild, ihrem Liebling, der genau drei Jahre lang lebte und einen kleinen, gewaltigen Körper hatte. Der Tod eines Kindes ist immer schrecklich, denn er ist unergründlich.

Dann galt ihr Schmerz auch dem, der sie lebend verlassen hatte, was fast schlimmer, da gemeiner war. Und er galt schließlich dem armen, stummen, aber lieben Wesen, das so menschlich und so männlich auf Erden umherging und in diesem Augenblick neben ihr stand. Diesem galt die helle und weiche Seite ihrer Trauer; und in ihm lag der tiefe Grund, weshalb sie sich dem Strom der Augenwasser so hemmungslos hingab. Er stand ungünstig, stand unterhalb von ihr am abschüssigen Berghang, und wirkte so um einen ganzen Kopf kleiner als sie. Doch war er der Fels, von dem sie Schutz erhoffen durfte, bei dem sie Schutz suchen musste. Bei dem Gedanken sank sie auf die Knie, und sieh da, der Fels, wahrlich Schutz bietend und berghaft groß, trat jetzt an sie heran, beugte sich über sie und berührte sie an der Stirne, an der Wange.

Es war die zittrige, raue Hand des Ergek mit dem sehnigen, gedrungenen Körper und den ergrauenden Haaren an den Schläfen. Sie war warm, drucklos und kam ihr dazu noch unendlich zart vor. Mit einem Mal griff sie beidhändig nach der Hand, drückte sie fest an ihr Gesicht, auf die geschlossenen Augen, die geöffneten Lippen und den Hals mit der klopfenden, pochenden Ader. Unterdessen war auch die andere Hand da, sie lag auf ihrem Scheitel, die Finger suchten auseinander zu schwärmen, strichen über die Haare, wühlten darin. Etwas jedoch schien sie zurückzuhalten, der Handteller ruhte fest, blieb dort, wo er war.

Dojnaa musste jegliches Zeitgefühl verloren haben, spürte irgendwann den Druck der Hand, die sie fest gepackt in den eigenen Händen hielt und nun gegen ihre Brust stemmte. Zögernd ließ sie das, was ihr in diesem Augenblick als die nächste Stütze im Leben schien, los und kam sich für einen Herzschlag so verloren vor, dass sie vermutlich vornüber gekippt wäre, wenn da nicht die andere Hand gewesen wäre, die auf ihrem Kopf lastete. Aber die entlassene Hand ließ sie nicht ganz im Stich, sie wischte ihr die Tränen vom Gesicht. Und das war wunderbar.

Da sprach Ergek: In der heutigen seltsamen Zeit werden auch die Wölfe seltsam, richtig wölfisch, wie wir gesehen haben. Nun verschmähen sie die Schwachen und machen sich gleich an die Besten in der Herde heran. Ich weiß, der Schlag hat dich schwer getroffen, und ich weiß auch, weshalb. Aber ich sage dir, keines deiner Kinder wird zu Fuß gehen müssen, denn alles, was von uns beiden Alten zurückbleibt, wird ihnen gehören. Und einen Teil davon kann ich euch schon heute als den euren benennen. Die schwarze Stute mit ihrem Stutjährling seien deinen Kindern mit dem Segensspruch geschenkt: Sie mögen nicht nur die Pferde, sondern auch unsere Jahre darauf nehmen!

Dojnaa konnte sich kaum aufrecht halten. Sie musste sich an ihn lehnen, indem sie das Gesicht an seine Brust drückte, denn jetzt strömten aus ihren Augen die Tränen mit neuer Macht. Nun vergrub sie ihre Nase immer tiefer in den Schlitz des umgehängten, ungegürteten Tonn, zog den betörenden, schweißigen Geruch gierig in sich ein, rieb die Stirne qual- und lustvoll an den Fellhaaren, dem Hemdstoff und verspürte durch ihn hindurch das hagere, feste Brustbein und die gewaltigen, unaufhörlichen Herzschläge darunter. Sie war von Schmerz, von Wonne gepackt, sie glühte, zitterte und wimmerte.

Ergek musste sich gegen sie stemmen, um nicht wegzurutschen. Jetzt lagen seine Hände um ihren Kopf, sie hielten ihn behutsam, drückten ihn fest an sich, an seine knochige Brust mit dem wild pochenden Herzen dahinter. Heiß und zittrig war auch er. Sein Körper, den er altersmüde und erloschen geglaubt, da längst im Rückzug begriffen, stand mit einem Mal hellwach. Als wenn in seinen Adern Feuer kreiste und um diese herum ein Flammensturm fegte. Aber das währte nur ein paar Lid- und Herzschläge lang. Dann nahm er die Hände herunter und rutschte selber einen halben Schritt zurück. Dojnaa war ein wenig nach vorn gekippt, fand aber schließlich ihr Gleichgewicht wieder. Sie verstand.

Es war eine qualvolle Nacht. Aber auch eine unsagbar schöne. Weder Ergek noch Dojnaa konnten wieder einschlafen. Auch Anaj wachte in dieser Winternacht mit den um den Schlaf gebrachten Pferden, Hunden und Sternen. Davon wusste nur er. Und dies, obwohl man sich schlafend stellte. Er wusste, was hinter diesem Wachen steckte: Nicht ein Hauch Bosheit, nicht ein Deut Eifersucht. Dafür kannte er seine Frau nur allzu gut, kannte zu sehr ihr selbstloses Wohlwollen ihm und Dojnaa, eigentlich einem jeden Menschen gegenüber. Wäre es nicht so gewesen und würde er es bei ihr nicht erkannt haben, längst wäre ihre Ehe zersprungen, und sie wären auseinander gegangen.

Genau im vierzigsten Jahr steckten sie unter einem Kranzdach, in einem Ehebett. Ihr Zusammenfinden war eine aufregende Geschichte gewesen. Sie, die einem anderen versprochen war, wäre von ihrem Vater um ein Haar erschlagen worden, und er, Ergek, hatte ein halbes Leben gebraucht, um den Zorn der Schwiegereltern am eigenen Leib abzutragen. Am Ende zürnten sie nicht mehr, und als sie aus dem Leben gingen, konnte er erfahren, dass sie in ihm mehr als einen Schwiegersohn sahen. Doch eine größere Strafe schien zu bleiben, erwies sich als unabwälzbar von den beiden, die angefangen hatten, ohne einen Zuspruch von außen in einem herrlichen, aber wilden Bund zu leben: Sie blieben kinderlos.

Die Verwandtschaft, der Bekanntenkreis, ein jeder eigentlich riet ihnen nach und nach zu, sich zu trennen. Besonders er musste sich den wohlmeinenden Ratschlag so oft anhören, dass er es langsam lästig fand. Es hieß, er sei ein schöner Mann, ein lieber Mensch, und so würde es ihm nicht schwer fallen, eine neue Frau zu finden. Gereizt fragte er den Ratgeber, was dann aus Anaj werden sollte. Da hieß es, sie sei lieb und geschickt in den Fingern, würde mit der Zeit auch jemanden finden, mit dem sie ihr Glück erneut versuchen könnte. Dabei fiel ihm auf, dass das Wort schön fehlte, wenn ihre Vorzüge genannt wurden. In seinen Augen jedoch war sie nach wie vor nicht nur das beste, sondern auch das schönste Weib, dessentwegen er bereit war, durchs Feuer zu gehen.

Einmal, das war zehn Jahre nach Beginn ihres Zusammenlebens, war es Anaj selbst, die mit dem bekannten Rat auf ihn losging. Besser, sagte sie, wir trennen uns! Er war fassungslos. Nun auch du? Hast du etwa jemanden, den du lieber neben dir hättest als mich?, fragte er sie bestürzt. Nein, sagte sie, aber es ginge ihr dabei wenigstens um einen von beiden, nämlich um ihn. Nein, dachte er widerstrebend. Vielleicht war sie ja tatsächlich nicht die Frau, die außer ihm auch noch anderen Männern durch ihr Äußeres gefallen konnte. Doch dann sollte es erst recht um sie gehen, denn es kam nicht infrage, dass sie mit dem Aussehen, der Vorgeschichte und in dem Alter nun allein gelassen würde. Er verbot ihr weiterzureden. Sie gehorchte ihm auf der Stelle. Es war, als wären die Worte gar nicht gefallen.

Das Paar lebte unter einem nie nachlassenden, eher zunehmenden Druck des Kummers, gewiss, doch in stiller Eintracht und immer noch willens, auch weiterhin zäh zu kleben an der Hoffnung, die mit jedem verflossenen Jahr zwar brüchiger zu werden schien, aber nie ganz versiegte. Unterdessen ging das Leben auf die Neige zu. Längst vom Alter gezeichnet, stellten die beiden in den Augen Außenstehender aber immer noch eine gute Ehe dar, wurden einander jedoch mehr als nur Mann und Frau. Sie spürten, etwas Geschwisterliches verband sie miteinander, mehr noch: In einem jeden war das Kind erwacht und man sah sich der Mutter, dem Vater gegenüber.

Jetzt war Ergek überrascht von sich selbst. Er war erschüttert, machte sich Selbstvorwürfe und nannte sich einen törichten Greis, unwürdig des ihm vom Himmel gegebenen Alters. Mit Verachtung dachte er an einen alten Bock, der es verdiente, um manches weniger gemacht zu werden. An Dojnaa dachte er dagegen zärtlich. Sie war die Jugend, war die Weiblichkeit, war die Unschuld. Gleich, wie lange der schwer-schöne Augenblick angedauert hatte und wie er endete – hätte er ihn nicht abgebrochen, sie wäre schuldlos gewesen. Denn sie war so rein, dass keine Schuld sie treffen konnte. So dachte er. Und weshalb er so dachte, wusste er nicht. Er brauchte keine Begründung.

Dojnaa spürte ihren Körper erwacht und gepeinigt, von

Glutklumpen gespickt unter der Haut. Ergek hatte sie in ihrer Erwartung bestätigt, war in ihrer Vorstellung gewachsen als Schutz bietender Fels. Sie war erfüllt von ihm, wie ein Flussbett vom Wasser, wie die Erde vom Himmel und wie der Himmel von den Gestirnen. So dachte sie dankbar und zärtlich an ihn. Doch ging durch diesen wärmenden, erhellenden Gedanken ein feiner, kühlender und schmerzender Wind. Sie war wütend auf ihn dafür, dass er sich ihr entzogen hatte, obgleich sie wusste, weshalb, und obwohl dasselbe Schuldgefühl auch in ihrem Innern brannte. Dennoch, sie war nicht bereit, ihm so viel Härte zuzutrauen. Dafür war sie zu tief ins Wonnegefühl versunken. Und nun sah sie sich mit den Schmerzen allein gelassen.

In aller Frühe ritt sie fort. Sie hatte sich den Patronengurt aus fettgetränktem, schwarzem Leder über den seidenen Gürtel gebunden, den Mauserstutzen mit der langen, gebogenen Gabelstütze und dem kurzen gelben Kolben geschultert und eine Wolfsfalle über den hinteren Sattelbug gestülpt. Seit sie ihr Mädchendasein aufgegeben hatte, war sie so gut wie nicht mehr dazugekommen, auf Jagd zu gehen. Denn der Mann hatte sich dagegen gestellt, hatte gemeint, es zieme sich nicht für eine verheiratete Frau, Blut zu vergießen. Nur wenn er nicht da war, hatte sie manchmal schnell ein paar Murmeltiere oder ein, zwei Ular- oder Rebhühner geholt. Das konnte sie jederzeit tun, da zu ihrer Mitgift ein neues Gewehr gehört hatte. Ein Jahr zuvor war sie damit ausgezeichnet worden, mit dem schallgedämpften Kleinkalibergewehr und einem Zweiaugenfeldstecher. Ihr wäre es recht gewesen, wenn der Mann es wenigstens benutzt hätte, aber der zeigte keinerlei Lust, damit umzugehen.

Einmal musste sie tief inmitten der Ehejahre, vor ihrer Jurte stehend und gerade wieder mit einem dicken Bauch obendrein, einen Wolf erlegen. Und dies mit einem Schuss aus einem fremden Gewehr, einem Karabiner. Zwei Männer feuerten abwechselnd auf den Wolf, der längst ein Schaf gerissen hatte und in die letzten Strahlen der untergehenden Sonne flüchtete. Die Männer schienen zu versagen, das Ziel nicht zu treffen, und dem Räuber konnte man ansehen, dass er gleich aus dem Blickfeld verschwinden würde. So riss sie einem der kläglichen Schützen das Gewehr beinah gewalttätig aus der Hand und legte an. Sie zielte lange, drückte dann ab und der Wolf stürzte kopfüber. Es gab viel Lob. Nur der eigene Mann hatte nicht viel mehr als ein Grinsen übrig. Später belud er sie mit lautem, zähem Tadel. Dies, nachdem das im Leben gerade angekommene Kind schon wieder gegangen war.

Windstill und frostklar stand die Luft. Die Welt wirkte hellwach. Die Fernen rückten immer näher heran, je weiter die Sonne in die Himmelshöhe vorstieß und je heftiger sie loderte. Die Erdränder lagen wie aufgestülpt, in all ihren Einzelteilen erkennbar. Ähnlich sah es in Dojnaas Innerem aus. Friede und Klarheit herrschten dort. Die letzte Nacht lag darin gebändigt und beleuchtet. Jetzt erkannte sie sich und Ergek besser, empfand weder Scham noch Wut, weder Schuld noch Reue, begriff beide, glaubte die Welt, das Leben insgesamt zu begreifen, bis auf die Frage, wie Anaj sich zu ihr verhielt. Sie glaubte zwar, es zu erahnen, doch sie wagte nicht, es zu glauben. Sie konnte es nicht.

Anaj war ein lieber Mensch, wie ihr Mann auch, das stand außer jeglichem Zweifel. Doch die Andeutungen, die sie von der mütterlichen Frau dauernd zu hören bekam, und nicht nur das, auch die Taten, die jene bewirkte, kamen ihr seltsam, unbegreiflich, ja sogar verdächtig vor, obwohl sie nur allzu gut wusste, dass die Frau nie und nimmer etwas Hinterhältiges im Sinne haben würde. Dennoch erschien ihr vieles, was jene anstellte, einfach sinnwidrig. Ganz offensichtlich wollte Anaj ihren Mann näher an sie heranbringen.

Doch das konnte und durfte nicht stimmen, schloss Dojnaa immer, wenn sie wieder einmal darüber nachgedacht hatte. Und sie begründete es so: Sie selbst hatte jedes Mal, wenn Doormak von einer fremden Frau zurückkam, einen Brechreiz in sich gespürt und war einem Weinanfall nahe gewesen. Sie wäre nie auf den Gedanken gekommen, auch in der schwersten Stunde nicht, den Herumstreunenden von sich aus zu einer anderen Frau schicken zu wollen. Dafür wäre er ihr trotz alledem zu schade gewesen. Außerdem, was war denn ihre Ehe im Vergleich mit jener der beiden alten Menschen? Kümmerlich wenig, fast nichts. Doormak und sie waren einander von Anfang an fremd und würden es wohl auch bis zuletzt bleiben.

Berg und Steppe wirkten erhöht und gekrümmt, glitzerten, wie mit Silberstaub überschüttet. Der Rücken der Gebirge wölbte sich lichthell gegen den Tag, blinzelte ihn aus einem Meer von Augen an. Die Steine lugten scheu aus dem Raureif hervor, der einem feinbehaarten Fell glich und wirbelnd und flirrend dalag. Hier und dort stand ein Grasbüschel, herbstlich unversehrt noch, und nur ein, zwei reglose Halme darüber, an denen Eis funkelte.

Dojnaa stieß auf einen weiteren Gedanken, weshalb es mit dem, was sie vermutete, nicht stimmen konnte: Wäre es wirklich so gewesen, dann hätte spätestens in der letzten Nacht Ergek freie Hand über sie haben dürfen. Doch danach hatte es wirklich nicht ausgesehen, mehr noch, er hatte sie abgelehnt! Dies sich erneut zu gestehen, fiel ihr schwer. Scham erwachte in ihr und Enttäuschung.

Sie musste lange suchen. So verspätete sie sich. Die Unglücksstelle war nicht dort, wo man sie vermutet hatte, sondern lag am anderen Ende des Bergrückens. Die Raben führten sie dorthin. Das war erst gegen Mittag. Es waren vier Wölfe gewesen, wie sie den Spuren ablas. Von der jungen, fetten Stute war mehr übrig geblieben, als man gedacht hatte. Die Biester mussten keinen großen Hunger gehabt haben. Oder sie hatten ihr Versteck nicht allzu weit von hier. Wenn das stimmte, dann würden sie hierher zurückkehren. Sie stellte die Falle auf.

Dann nahm sie die Fährte auf und folgte ihr. Bald glaubte sie zu wissen, wer hinter den Spuren steckte. Es war ein Paar mit einem Welpen vom letzten Frühjahr und einem Fremden, der sich vorübergehend zu ihnen gesellt hatte. Die Paarungszeit war zu Ende, der Rüde hatte fest die Führung, hatte keinen Sinn mehr für Überflüssiges. Die Wölfin hingegen trat hin und wieder abseits, was aber nicht etwa aus Unvermögen geschah, eher aus Laune, denn sobald sie es tat, folgte ihr das fremde Glied des Rudels sofort. Es musste ein angehender Rüde, ein Ungestillter sein, der vielleicht zuvor woanders etwas verbrochen und dafür recht derb bestraft worden war, sodass er gezwungen sein mochte, solange die Zeit der Knappheit noch andauerte, die Nähe anderer zu suchen und diese damit zu besänftigen, dass er ihnen mit seinen Beinen und Reißzähnen beistand. Die Fährte führte in Richtung Süden. An den Südhängen lag weniger Schnee. Also war dort auch weniger Gefahr, Spuren zu hinterlassen. Und bald verloren sie sich ganz.

Doch gab sie nicht auf, setzte die Verfolgung nach Gutdünken fort. Sie merkte, die Jägerin von einst hatte sich in der verheirateten Frau, die andere Sorgen hatte, unversehrt erhalten und war nun wieder erwacht. Und diese wollte nicht mit leeren Händen heimkehren. Dies schon wegen der Kinder, die, wenn sie erwachten, sich wundern und die Mutter vermissen würden. Dann würden sie, sobald sie aufgestanden waren, zu der Oma- und Opajurte gehen, und wenn dies nicht geschähe, würde einer von den beiden kommen und sie abholen. Es war schon hin und wieder vorgekommen, dass sie in der Frühe die Jurte mit den Schlafenden verlassen musste, um Brennwurzeln zu holen oder um nach den Yakkühen zu suchen, die am Vorabend ausgeblieben waren. Die Kinder waren dann immer gut versorgt.

Auch wollte sie wegen Ergek unbedingt eine Jagdbeute. Sie wusste, sie würde ihm damit eine Freude bereiten, denn er hatte sich immer mächtig gefreut, wenn ihr etwas gelang. Und schließlich wollte sie es auch wegen Tante Anaj. Sie war nicht nur ein lieber, sondern auch ein überaus dankbarer Mensch. Wäre die Beute, die der Altai ihr bereithielt, ein Fuchs, sie würde ihr das frische nass-weiche, kühl-schwere Fell nach Jägersitte um die Schultern legen und sagen: Machen Sie sich daraus eine Mütze!

Dojnaa glaubte, ihr verlegenes, liebes Gesicht bereits vor sich zu sehen und dazu den erschrockenen Ausruf zu hören: Warum denn mir, Kind, wo der Alte doch längst etwas Neues auf seinem ergrauenden Schädel bitternötig hat! Ja, sie ahnte, Anaj würde die Gabe dem Mann weitergeben. Nun gut, überlegte sie versöhnt, das feuerrote Rückenteil mit den glitzernden schwarzen Grannen mochte besser zum Mann passen, aber der Rest ergäbe immer noch eine weitere Kopfbedeckung. Am besten wäre das zusammengenähte Fell der vier Pfoten für die Stirn, diese würden Anajs Gesicht gut stehen.

So sehr sie die höchsten Spitzen bestieg, Ausschau hielt, mal mit bloßen Augen, mal durch das Fernglas die Bergwelt abtastete, kein Wild zeigte sich. Dann drang sie in die Falten der Berge ein, suchte die Mulden und Senken, die Täler und Spalten ab. Nichts. Leer und leblos erschien der Altai, den man als den Reichen tagtäglich aus der Ferne rühmte und aus der Nähe beschwor. Je weiter die Sonne auf den Westen zuglitt, desto bescheidener wurde sie mit ihrem Beutewunsch. Er schrumpfte zusammen, sodass sie zuletzt nur noch an einen Hasen oder an ein paar Lachhühner dachte. Ein Goschdajak, ein Ular-Hahn, wäre natürlich die Gabe für die beiden. Tante Anaj würde wissen, eine Kraftsuppe daraus zu zaubern, und niemals würde sie dabei die Kinder vergessen.

Doch da passierte es, sie stieß auf eine Herde Widder! Mit einem Mal erhob sich an dem Felsen oberhalb etwas Glänzendes gegen den Himmel. Es war ein Paar schenkeldicker, geschwungener Hörner. Darauf zeigte sich der ganze Kopf. Dojnaa erstarrte. Noch günstiger hätte es sich nicht ergeben können für sie: Das Pferd weit hinten zurückgelassen, saß sie selber im Schatten in einer Felsspalte und das Wild stand oben mit dem Blick gegen die sinkende Sonne, gerade auf der gleichen Höhe mit den hiesigen Bergen. Schon war der ganze Körper hervorgetreten, und hinter den schlanken Beinen waren weitere Hörner, Kopf- und Körperteile zu sehen. Die Jägerin ertappte sich in einer unguten, unzulässigen Aufregung. Es hatte keinen Sinn, sich in dem Zustand ans Gewehr machen zu wollen. Vorher musste sie unbedingt zur Ruhe kommen. Ob es ihr aber gelingen würde?

Hin und wieder war sie in der Vergangenheit Wildschafen begegnet und hatte ein-, zweimal auch welche erlegen dürfen. Es waren aber immer Argar, Muttertiere, oder Huraan, Jungtiere, gewesen. Goschgar, die überscheuen, ausgewachsenen Böcke, hatte sie bisher nur aus großer Entfernung sehen können. Jetzt war sie auf eine ganze Herde gestoßen, und dies gleich am ersten Jagdtag nach so vielen Jahren des Aussetzens. Es war, als hätte der Himmel ihr einen Anteil aufgespart und für sie bereitgehalten! Sie durfte keinen Fehler machen, hatte sich des Vertrauens würdig und der Gabe gewachsen zu zeigen.

Da trat das Leittier vor, betrat die helle Strieme, die sich über den welligen Hang aus borstigen Spitzen niedriger roter Felsen hindurchschlängelte. Die anderen folgten ihm in Abständen, gingen eil- und arglos. Sie zählte ab, es waren neun. Sie begutachtete, bewunderte, beschwor ein jedes Tier in Gedanken. Wie hügelig und felsig sie wirkten! Neunmal der gewaltige Kopf, hoch erhoben, neunmal der mächtige Rumpf, fest liegend über den schlanken Beinen.

Es war schon ein gewaltiges Bild. Vielleicht war es die Farbe des Fells, die der Spitze des Zuges zu eher hell schimmerte und bei dem Leitbock gar ins Blaugraue überging und leuchtete. Jedenfalls erinnerte sie das an den Vater und auch an Ergek. Das Alter kam ihr plötzlich gleichbedeutend mit edel vor, schien ihr Würde, gar Macht, war die vollendete Schönheit.

Die Tiere erreichten die Senke, die ein Bergglied vom anderen trennte. Die Widder verschwanden einer nach dem anderen dort, wo der felsige Hang steil abfiel und im Schnee endete, über dem sich bläulich und körnig die Luft wellte.

Endlich durfte sich Dojnaa rühren, nahm den Mauserstutzen von der Schulter und legte an. Der Leitbock tauchte zottig, schwebend und flimmernd genau dort wieder auf, wo sie ihn erwartet hatte. Da, als ob in ihm das zum Berggeist gewordene Urwild erwachte und die Gefahr witterte, blieb der blaugraue Widder urplötzlich stehen. Vielleicht hatte er, nun selbst im Schatten, den Menschen im Schatten ausgemacht. Er zog sich zusammen, um zum Sprung anzusetzen. Aber es war bereits zu spät. Er hatte der Botin seines Todes genug Zeit gelassen, zu zielen und abzudrücken. Das Blei ereilte ihn noch bevor er den Schuss vernehmen konnte und warf ihn in die Luft. Er fiel jedoch wieder auf die Beine, die vorerst noch den tödlich getroffenen Körper abzufangen und in weiten, hohen Sprüngen davonzutragen vermochten.

Die Jägerin hatte längst wieder nachgeladen, gab aber keinen weiteren Schuss ab, denn sie zählte die Davonflüchtenden schnell nach, einer fehlte. Acht ist auch eine gute Zahl, dachte sie, während sie ihnen hinterherschaute und sich erhob. Als sie den ersten der Widder hinter einem Felsen verschwinden sah, sagte sie zu sich: Ein neues Leittier ist geboren. Dies dachte sie mit wehmütiger Entschuldigung, sich bewusst werdend, dass sie erneut in den Lauf der Dinge eingegriffen hatte.

Den Widder fand sie einen guten Schuss vom Ausgangsstrich entfernt liegen. Es war, als ob die Kugel, das Ziel durchschlagend, ihm den Rest an Kraft und Schnelligkeit abgegeben und sie in eine andere verwandelt hätte, und dieser neuen Kugel noch ein guter Flug aus Sprüngen gelungen war. Aber es waren gezählte Sprünge und der Flug war der in den Tod. Dort, wo die Senke aufhörte, war der Widder zusammengebrochen. Er war bereits tot, als die Jägerin bei ihm ankam.

Und diese sank beim Anblick ihres Opfers auf die Knie und brach laut schreiend in Tränen aus. Der Widder war größer und schöner als sie es vorhin beim Zielen und Abdrücken gesehen, als sie von ihm gedacht hatte. Er war mächtiger als mächtig, gewaltiger als gewaltig, war unbenennbar. Vielleicht war dieser Bock unter den Widdern das, was ihr Vater unter den Menschen gewesen war? Und sein Gesicht war sauber, edel und weich. Keinen Anflug von Tadel verriet es, gütig schaute es sie an. Verständnis sprach aus der Sanftheit, die das sonnige, weise Gesicht ausstrahlte. Verständnis, das auch Vergebung, dann wiederum Aufmunterung heißen konnte. Dieses Gesicht erinnerte sehr an das von Ergek. Dojnaa atmete tief und richtete sich auf. Sie spürte die Aufregung von sich weichen und stattdessen eine prickelnde, betörende Befriedigung einkehren. Da wurde ihr bewusst, sie hatte das Wild ihres Lebens erlegt.

Nun war sie ganz Jägerin, fasste den Widder am Horn, drehte den Kopf zur Seite, zückte den Dolch aus der Scheide am Gürtel, stach seitlich unter der Halsschlagader ein und riss sie auf. Blut trat aus. Dann schnitt sie den Bauch über dem Zwerchfell auf und weidete das Tier aus. Schließlich trennte sie den Kopf vom Rumpf, nachdem sie vorher den Hals unter dem Kiefer aufgeschnitten und die Zunge herausgelöst hatte.

Endlich machte sie sich auf, ihr Pferd zu holen. Sie ging bergauf, ging hastig. Dabei schaute sie wieder und wieder nach der Sonne, die steil über dem Eisschneegipfel des mittleren der Drei Türgen herabschien. Der alternde Wallach, eigentlich rötlich braun, nun aber hell bereift bis auf die Hufe und die Augen, empfing sie mit verstehendem Schnauben. Er musste die Blutspuren an ihren Händen gesehen und den Blutgeruch gewittert haben. Er ließ Wasser und schüttelte sich darauf so heftig, dass die acht Sattelriemen für einen Pulsschlag lang in der Luft standen und der wirbelnde Schneestaub um sie herum stiebenden, hellen Funken glich. Sie sah dem benommen zu und presste die Lippen als Zeichen der Zustimmung ein paarmal fest aufeinander.

Haraldaj hatte den damals dreijährigen Hengst eingeritten. Es war in Hüp Sug gewesen, im Frühsommer. Da war der Vater noch ein jung wirkender Mann und sie ein heranwachsendes junges Mädchen gewesen. Damals bestand ihre Jagdbeute aus Murmeltieren, Hasen und dem Geflügel der Niederungen. Das größere Wild und das Geflügel der Höhen, vor allem aber die Wölfe, kamen erst später hinzu, und noch viel später hatte sie sich fragen müssen, ob es denn nicht verkehrt gewesen war, so viel Wolfsblut zu vergießen.

Der Widder war sehr schwer, auch ohne Kopf und Eingeweide. Dojnaa vermochte den Rumpf im Fell nicht hochzuheben. Sie musste ihn erst auf einen Felsbrocken bringen, dann das Pferd an denselben heranführen und den ausgeweideten Widder hinüberwälzen. Der Wallach, sicher manches gewöhnt wie ein jedes Jägerreittier, schwankte und stöhnte unter der Last. Den Kopf des Widders konnte sie nicht am Hang liegen lassen. Sie wollte ihn auf eine höhere, herausragende Stelle bringen. So legte sie die Führleine um beide Hörner, machte eine weite Schlaufe und fuhr mit dem Kopf hinein. Das edelste, für den Menschen aber nicht weiter nutzbare, dazu noch sperrige Stück lag nun, einer Kiepe gleich, an ihrem Rücken. So brach sie auf, das Pferd an der Zügelleine hinter sich herführend.

An manchen höheren Stellen ging sie vorbei, so manchen Bergsattel ließ sie hinter sich zurück. Doch keine der Anhöhen erschien ihr hoch und würdig genug, um den Widderschädel für die nächsten hundert Jahre und noch länger aufzunehmen. Aber das allein war wohl nicht der Grund für ihr Zögern. Schon als sie das riesige, an den kahlen, verdrehten Wipfel einer altersblauen Lärche erinnernde Gehörn mit Kopf nur ein paar Schritte entfernt vor sich liegen sah, war in ihr der Wunsch aufgeblitzt, es Ergek zu zeigen. Er würde es, gleich wo sie den Widderkopf auch ließe, zu sehen bekommen, sogar einen neuen Pfad dorthin treten, aus dem eines Tages ein regelrechter Weg werden könnte, wer weiß. So gut glaubte sie ihn schon zu kennen.

Aber sie hätte ihn ihm am liebsten noch heute vorgesetzt, solange er noch nicht gefroren, nicht entstellt war. Und er, der Mann mit den hervorstechenden Ähnlichkeiten, wüsste bestimmt eine Stelle, die würdig genug wäre, das Haupt des vierbeinigen Bruders aufzunehmen.

Der Wunsch, den Widderkopf entgegen jeglicher Jägergewohnheit nach Hause mitzubringen, nahm mit jedem Schritt zu, den der Wallach und sie zurücklegten, und mit jedem Schweißtropfen, den sie schwitzten. Das Gewicht im Rücken schätzte sie auf keinen Fall geringer als das eines ganzen Hausschafjährlings.

Bei Einbruch der Abenddämmerung erreichte sie den Ail. Da sah sie zuerst die Hunde, darauf die Kinder und schließlich die beiden alten Menschen. Alle waren ihr entgegengekommen, und es war schwer zu sagen, wer sich da am meisten freute. Sie selber geriet in einen Zustand, der ihr unwirklich vorkam, und mehrmals dachte sie an diesem Abend, ob sie nicht etwa träumte. Unwirklich hoch erschienen ihr die Sprünge der Hunde, unwirklich kalt die Hände der Kinder, unwirklich hastig die Schritte von Anaj und unwirklich hell das Gesicht und gewaltig die Erscheinung Ergeks. Unwirklich, wie aus der Ferne, klangen die Stimmen.

Der Mann nahm ihr den Widderkopf ab. Sie hörte ihn dabei viele Worte sagen, verstand jedoch lediglich: Warum nur, Kind?, und sah ihn dann sich vor dem Kopf verneigen, sah auch, dass alle es ihm nachtaten. Sie musste sich noch einmal davon überzeugen, wie schwer der Wallach zu tragen gehabt hatte. So sehr jetzt auch vierarmig angepackt wurde, die Beute kam nur mühselig vom Sattel herunter.

Es gab noch einen weiteren, wesentlichen Grund, weshalb Dojnaa wieder argwöhnen musste, dass sie vielleicht doch träumte. Ein nächtlicher Gast erschien, und es war Haraldaj. Da saßen alle bei Tee und Essen. Anaj hatte gekocht und gewartet, und der Widder lag am Herd, um nachher enthäutet zu werden. Nun verstummte das rege Gespräch, das im Gange gewesen war; ein anderes, das den Ankömmling betraf, sollte sich erst anbahnen. Vorerst hörte man von einer Yakherde, die seit Tagen verschwunden und bisher auch ohne Spuren war.

Bald erhoben sich Ergek und Anaj, verließen die Jurte. Haraldaj trank weiter Tee und erzählte, er hätte lange überlegt, welchen Weg er gehen sollte, hätte sich schließlich für diesen entschieden und nun sähe er, die Jägerin und ihre gute Wildbrühe hätten ihn angezogen. Die Hausherrin hörte gut zu, blickte ihn nachdenklich an. In dem Blick wohnten die Worte: Ja, es hat Zeiten gegeben, da habe ich

auf dich gewartet, habe nach dir gebrannt. Nun aber hast
du dich verspätet, mein Junge. Dann sprach sie: Von der
Brühe kannst du bekommen so viel du magst, übernachten
aber wirst du drüben! Der Gast leerte seine Schale hastig
und erhob sich. Er ritt davon und versetzte die Hunde
erneut in Erregung. Darauf schickte sie das älteste der Kinder, den zwölfjährigen Jungen Gombak, nach dem Opa
mit den Worten: Mutter will den Widder enthäuten und
braucht Ihre Hilfe!

Dojnaa empfing Ergek ungeduldig, mit zärtlichem
Tadel, warum er denn gegangen sei. Sie bekam zu hören, es
sei doch Besuch gekommen und da habe man nicht stören
wollen. Sie sah ihn an. Enttäuschung lag in ihrem Blick, die
er sehr wohl sah und immer peinvoller spürte während des
Schweigens, das sich hinzog. Dass ein männliches Wesen
das weibliche in der Reichweite seiner Macht einem Fremden kampflos überließ, sah ich bei keiner Herde, bei keinem Rudel und auch bei keinem Schwarm, sagte sie. Da
waren sie schon mitten in der Arbeit, hatten das Fell abgezogen und waren dabei, den Körper auseinander zu nehmen. Ergek ließ die Worte stumm über sich ergehen.

Die Neugier der Kinder, die anfangs eifrig zugeschaut
hatten, war mittlerweile gestillt. Sie hatten sich zum Bett
zurückgezogen, wirkten still und schläfrig. Die Mutter
warnte sie davor, vorzeitig einzuschlafen, meinte, es gäbe
noch ein Nachtmahl. Gombak, bekannt durch seinen
unstillbaren Schlaf, wollte nichts essen, sagte, er würde zur
Oma gehen und sich gleich hinlegen. Er übernachtete
öfters bei den Nachbarn, und wäre es nach Anaj gegangen,
so hätten alle drei Kinder Tag und Nacht in ihrer Jurte sein
können. Der Junge ging.

Ergek meinte, es wäre zum Fleischkochen vielleicht doch

zu spät. Wieso?, fuhr Dojnaa auf und blickte ihn entrüstet an. Die Winternacht sei lang, ließ sie von sich hören, die Worte in die Länge ziehend und fügte dem schnell hinzu: Zumindest für mich Strohwitwe! Oder, schloss sie mit immer noch unverbrauchtem Schwung in der Stimme, könnte seine Frau ohne den Rückenwärmer nicht einschlafen, eh? Er blickte auf, und da erkannte sie in dem Blick Zorn aufblitzen. Das war beängstigend, aber auch befreiend. Denn es war ein zornig fragender Blick: Du erwähnst meine Frau? Was weißt du denn von ihr?!

So weit hatte sie es nicht verfehlt, als sie die in dem Blick wohnende Frage in Worte einzukleiden suchte. Denn Gespräche waren dem vorangegangen, jedes Mal von Anaj angezündet und auf Dauer von Ergek immer stiller geduldet. Vorhin, als er von dem Jungen abgeholt wurde, hatte sie ihm hinterhergerufen, er solle sich dort, wo Licht, Wärme und Geselligkeit wären, zur Ruhe begeben, da es sich wirklich nicht lohne, in der Nacht erst nach dem Nachhauseweg und dann in der kalten, stockfinsteren Jurte nach dem Bett zu suchen und dabei vielleicht jemanden mitten im Schlaf zu wecken. Vorher, als sich der Besuch davonmachte und die Hunde in Aufregung gerieten, hatte sie gemeint, der sei von Dojnaa weggeschickt worden und hatte ihn gefragt, ob er denn wüsste, was das bedeute.

Er hatte dazu geschwiegen, ihr im Stillen aber Recht gegeben und sich eingestehen müssen, dass er darüber irgendwie erleichtert war. Noch vorher, auf dem Weg zur eigenen Jurte, hatte sie ihn getadelt: Er wäre ein Angsthase, ein ewiger Versager, der die gute Gelegenheit abermals verpasst habe. Du tust mir bitter Leid, alter Mann, und ich mir mit dir, ich unfruchtbares, altes Weib! Daraufhin hatte sie unverhohlen laut geseufzt. Dabei hatte ihre Stimme, die immer klar und sanft klang, nun traurig und nach Tränen geklungen. Er, der beschämt wie entmutigt hinter ihr herging, hatte darauf verwirrt gebrummt: Hör doch damit auf, Frau.

Aber es war nicht das, was er ihr hatte sagen wollen. Was bist du für ein dummes Weib, hätte es eigentlich heißen sollen, das den eigenen Mann mit einer anderen Frau verkuppeln will! Doch es erwies sich abermals als unmöglich, dass sich solches von seiner Zunge löste. Denn er wusste allzu gut: Dumm war Anaj nicht, und verkuppeln war auch nicht das richtige Wort. Dennoch war das, was sie von ihm wollte, eindeutig. Er, der bald sechzigjährige Ergek, der seit beinah vierzig Jahren schon mit ihr nicht nur einfach verheiratet war, sondern sich mit ihr verwachsen fühlte, sollte zu der kindhaften Dojnaa gehen und sie bemannen.

Diesbezügliche Gespräche hatte es öfters gegeben. Ihre Anfänge reichten bis in die Jahre zurück, wo in beiden Körpern noch die letzten Säfte der Jugend flossen. Nachdem sie mit ihrer Bitte, sich zu trennen, bei ihm nicht durchkam, hatte sie ihm geraten, sich woanders ein Kind zu verschaffen. Anfangs hatte er darüber gelacht und, da sie nicht aufhörte weiter zu drängeln, einmal den Spieß umkehren müssen: Lass uns das Kindchen doch woanders abzapfen und es durch dich austragen! Sie sagte dazu nichts, weinte nur. Sie hatte ihren Grund für die Tränen, mit dem sie ihn aber nicht noch mehr belasten wollte.

Da wurden ihnen von einer Sterbenden die jungen Menschen anvertraut. Sie waren eine Zeit lang wie ein willkommener Ersatz des Fehlenden, wie fertige, in Kleid und Stiefel herübergereichte Kinder. Dann aber merkte man, sie waren es doch nicht. Der angetrunkene Doormak war es, der das süße, trügerische Gefühl zuerst zerstörte. Er machte sich an Anaj heran, die ihm ohne weiteres Mutter hätte sein können. Dojnaa war wieder einmal schwanger, und Ergek war nicht zu Hause.

Der junge Mann überfiel die Frau, die sich nicht nur längst alt, sondern auch ein wenig als Mutter für diesen fühlte. Sie erschrak sehr und hatte Mühe, ihn abzuwehren. Der zeigte sich erstaunt darüber, weshalb sie ihn nicht an sich heranlassen wollte, war gekränkt und sagte, ob sie denn immer noch nicht wüsste, was zwischen ihrem Mann und seiner Frau los wäre. Sie wollte dem nicht unbedingt Vertrauen schenken, doch ertappte sie sich seitdem hin und wieder bei einem Gedanken, der ihr bislang fremd gewesen war. Nun aber war etwas in ihr erwacht, das den beiden galt. Eifersucht konnte man es nicht nennen, Neugier vielleicht? Ergek und Dojnaa mochten einander, das wusste sie schon lange. So wie sie selber das große, stille Mädchen mochte und sich von ihr gemocht fühlte. Jetzt jedoch hatte sie einen anderen, geschärften Blick, dem nichts entging, wenn jenes in die Nähe ihres Mannes kam. Dabei glaubte sie das eine oder andere Mal etwas zu erhaschen, was ihr Herz höher schlagen ließ.

Einmal hörte Ergek seine Frau sagen: Der da hat dem lieben Mädchen nichts mehr zu bieten, als es hin und wieder zu schwängern; wäre ich ein Mann, ich würde daran arbeiten, es ihm zu entreißen! Er äußerte sich dazu nicht. Musste dafür später weitere Bemerkungen gleichen Inhalts anhören, immer unverhüllter. Als dann jener gegangen war, wurde sie ganz offen. Da ich selber eine Frau und auch jung gewesen bin, weiß ich, was sie leidet, sagte sie eines Nachts, wobei sie eine besser Gebaute ist, mit allem dran und drin, als ich Unglücksweib mit dem leeren, wohl vertrockneten Beutel unterm Bauch. Geh also hin, Mann, der du es doch auch willst, einmal im Leben mit einer Vollwertigen! Er hätte sich ärgerlich zeigen können, denn es stimmte ja mit ihrer Behauptung nicht, er wollte von dem Mädchen nichts. Allein, er musste still bleiben und sie gar trösten, da sie gleich darauf anfing, bitterlich zu weinen.

Diese Worte fielen ihm später hin und wieder ein, erschreckten und beluden ihn jedes Mal schwer mit Scham. Doch musste er sich eingestehen, dass neuerdings seine Gedanken läufig geworden waren, ab und an weit streunten und bis an die Atem- und Hautnähe Dojnaas vorstießen. Was ihm unverzeihlich schändlich vorkam, aber auch, ach, in ihm etwas auslöste, das er nicht anders als angenehm empfand. Und die letzte Nacht? Da hatte er seinen alten, erloschenen Körper mit einem Mal inmitten eines lichthellen Feuers ertappt. Es war ihm sterbensschwer gefallen, den glühenden, jungen Leib loszulassen und sich dem Sog zu entreißen. Am schlimmsten jedoch war es später, als er nicht mehr wusste, ob er damit richtig getan hatte oder nicht.

Und dann fielen endlich die Worte, die er längst erwartet und vor denen er sich gefürchtet hatte. Sie ergaben ein richtiges Gespräch und erstmalig beteiligte er sich daran. Das war heute am Tage. Die Kinder waren gefüttert, saßen in der Wärme. Und die beiden gingen, jeder einen Korb am Rücken, auf Suche nach Brennbarem. Sie gingen immer mehr auf Gök Süür, die Blaue Spitze, zu, um Ausschau nach Dojnaa zu halten.

Meinst du, dass sie die aufspürt?, fragte Anaj.

Ergek wusste sofort, was damit gemeint war. So erwiderte er: Schwer.

Traust du ihr trotzdem Jagdglück zu?

So, wie sie beschaffen ist, sicher!

Du hast also Vertrauen in sie.

Du doch auch?

Mehr als das! Aber ich muss erklären, was ich damit sagen will. Sind unsere Kräfte zusammengerückt und weise verteilt, könnten wir im Leben gut durchkommen, eine ganze Weile noch, so lange zumindest, bis die Henne nicht mehr brüten muss und den Küken Gefieder gewachsen sind.

Du meinst, sie soll wieder öfters auf Jagd gehen?

Nicht nur das, auch sonst sich zwischendurch mal von Kesseldampf und Kinderdreck lösen. Ich werde ihr die Kinder und auch Sonstiges, wozu mir die Kräfte reichen, gern abnehmen. Und du wärest das vereinende wie trennende Überdach zweier Dachkränze und zweier Herden darunter, wärest das Oberhaupt einer Sippe in der Geburt.

Du meinst, ich werde drüben angenommen?

Das ist außer Frage.

Und ich alter, verdorrender Kerl werde mit dem jungen Weib in voller Blüte noch zurechtkommen?

Ich kenne dich, habe Vertrauen in dich.

Angenommen, alles wird so, wie du es voraussehen willst, und das, was mir mit dir nicht gelungen ist, gelingt ausgerechnet nun mit ihr, wer weiß – was ist dann?

Dann wäre der Wunsch meines Lebens wenigstens halbwegs erfüllt. Du hättest endlich eine Fortsetzung, was du längst verdientest, Mann! Der Sinn der mir noch verbleibenden Tage und Nächte zwischen Himmel und Erde wird dann nur noch sein, dem Wurm zu einem Menschen zu verhelfen.

Nun war Ergek also bei Dojnaa, hockte in ihrer Jurte und verrichtete Dinge, die dem Mann zustanden. Denn er war es, der den Widder enthäutet hatte und gerade dabei war, den Körper aufzubrechen und zu zerlegen. Sie half ihm lediglich dabei, sah ihm zu, genoss seine Kunst, seine Nähe. Der Zorn schwand aus seinem Blick nur zögernd, er bestand aus einer spitzen, hellen Flamme in jedem Auge, klebte dort zäh und trotzig wie an einem halb versteinerten Wurzelholz.

Sie schwieg, solange die Flamme leuchtete, und wartete, wartete immer noch, als sie sich zu einer Glut gebändigt hatte, die schließlich erlosch. Aber da war die Arbeit getan. Das Fleisch, in Keulen geviertelt, und ein fünftes Stück, die halbe Wirbelsäule mit dem Kreuzstück, hing von den oberen Enden der Gitterwand herab, der Rest, allen voran das Süldü-dshürek, steckte im Kessel, und das Fell lag zusammengerollt rechts an der unteren Wand. Die Hände und die Dolche waren gewaschen, der Ofen stand schwer und voll, summte und stöhnte, um demnächst zu brummen und zu fauchen, wenn aus den Wurzeln die Kälte wich, Flammen heraustraten und den Dung erfassten. Sie saßen, getrennt von dem riesigen gusseisernen Kessel zu beiden Seiten des Ofens, der eben gerade die Arbeit aufgenommen hatte. Weder er noch sie wussten, was tun und worüber reden. Dafür wussten beide, dass jetzt nur noch gewartet und, um das Warten zu verkürzen, unbedingt etwas erfunden werden musste, sei es auch nur ein belangloses Gespräch.

Sie war es dann, die die Stille brach, indem sie sagte: Vorhin, da meinte ich es nicht so mit der Tante Anaj. Ein leises Räuspern war seine Antwort, das sie in die Worte übersetzte: Gut, dass du es sagst. Dem folgten dann andere, nun wirklich gesprochene Worte. Aber das war erst später und bevor dies geschah, waren dem andere Dinge vorausgegangen. Er war draußen gewesen, hatte den Hunden beigestanden, die etwas gewittert und angefangen hatten zu bellen.

Er hatte eine gute Weile dagestanden, die beiden Rüden zur Seite, und hatte schließlich verstanden, dass eine Herde nahte. Und als er schließlich in die Jurte zurückkehrte, schlug ihm der fettig-süßliche Geruch der gerade aufkochenden und in Spritzern über den Kesselrand schwappenden Brühe entgegen. Er sah, dass die beiden Kinder längst schliefen. Dojnaa erklärte ihm umständlich, weshalb sie sie ins Bett stecken musste. Richtig, dachte er, sie waren schon vorher müde, sagte aber nichts dazu. Sagte dafür, die Yakherde käme, es sei ihm aber so vorgekommen, als wären auch Pferde darunter. Ja?, kam sie ihm freudig entgegen. Wenn es wirklich so ist, dann ist das seltsam, aber eigentlich doch wunderbar.

Du weißt schon, dass Anaj gut zu dir ist, sprach er endlich, nachdem er sich hingehockt, den Oberkörper feierlich gerade gerichtet und das Gesicht zu ihr gedreht hatte. Dennoch weißt du auch nicht annähernd, wie gut sie zu dir ist. Dojnaa hörte ihm still, gesenkten Kopfes zu, in der Erwartung, er würde weiterreden. Aber er hielt inne und blieb dabei. Ergek hatte richtig gelauscht. Pferde und Yaks kamen draußen in einer vermischten Herde wie Schafe und Ziegen an. Friede ging von ihnen aus. Und selbst dies kam ihr merkwürdig vor. Ist das ein Tag!, dachte sie erschüttert und erfüllt von einer Ahnung, die sie flatterig machte und beinah entzündete.

Derweil garte und gärte der Geruch, der dem vor sich hin summenden, brummenden Kessel in winzigen hellen Dampfschwaden entstieg, schließlich zu einem Duft reifte und blieb. Es war so weit. Während sie die Fleischbrocken aus dem Kessel herausfischte und auf den Holztrog wälzte, schälte und schnitt er Zwiebeln und bereitete in einer Schale salzig-fettige Lauge. Er wurde von ihr aufgefordert, höher zu rücken, und dies, obwohl er längst auf dem Platz saß, welcher der Tür gegenüber lag und seinem Alter zustand. Noch höher war der Platz, der dem Hausherren zustand. Eine kleine Weile zögerte er, dann kroch er weiter, nahm ihn ein. Damit aber nicht genug, sie schob noch den wild dampfenden, schwer beladenen Trog an ihn heran. Das Süldü-dshürek lag vor ihm, dessen Stirne, die Zunge am Ende des Halses, beinahe seine Hand mit dem Dolch streifte. Sie, ebenso ihren Dolch in der Hand, rückte an sein Knie heran und ihr Blick ruhte auf dem Ehrenstück.

Er, plötzlich verstehend, dass sie auf ihn wartete, stotterte erschrocken: Aber – das geht – das geht doch nicht – Kind – du bist diejenige – bist die Jägerin, der das Wild gegeben wurde, du bist vor Menschen berechtigt und vor Himmel und Erde verpflichtet, als Erste das Süldü-dshürek anzurühren, davon zu kosten und unter den anderen die Gaben zu verteilen! Sie lachte glücklich-beschämt: Gleich, als ich der Gabe des Himmels ansichtig wurde, habe ich an Sie gedacht, und als ich die Hand daran legte, habe ich beschlossen, nachher mein weidmännisches Vorrecht Ihnen zu überlassen.

Ergek wollte davon nichts hören, meinte, es ginge um ihr künftiges Jagdglück, das er ihr auf keinen Fall verderben wolle. Doch auch sie wollte nicht nachgeben, bestand darauf, dass er gar keine Bedenken zu haben brauche und ihr zuliebe das Angebot annehmen solle. Als er sich nicht bewegen ließ, erzählte sie ihm eine Geschichte, wie ihr Vater einmal dem alten Dshaniwek die mit Fett und Leber gestopfte Herztasche eines von ihm selbst erlegten Bären überlassen hatte. Der bekannte Ringer und Jäger hatte es so begründet: Ein starker Körper gelte ein Leben, ein starker Geist dagegen viele Leben lang. Da jener als ehemaliger Revolutionär und Volkslehrer, späterer Verdammter und nunmehriger anerkannter Vater von Bajnak, dem jüngsten Volkshelden, in die Geschichte einginge, sollte jeder ihm die Ehre auf seine Art und Weise erweisen.

Ergek schüttelte heftig den Kopf und fragte, was er, ein einfacher schwarzer Hirte, wohl mit Helden und Leuten vom Schlage eines Dshaniwek gemein hätte? Da wurde Dojnaa ebenso heftig und meinte, dafür aber wäre er ein außen und innen gleich schöner, edelherziger Mensch, der sich ein Leben lang nicht hätte verbiegen noch verderben lassen, und das wäre keinesfalls weniger wert, als bestehende Dinge zu zerstören und folglich darauf selbst zerstört zu werden. Der Mann schien beschämt, wirkte gebückt und fragte eine Weile später, was denn mit der Herztasche geschehen sei. Der Gast hat sie aufgeschnitten, hat davon gekostet und den Rest dann dem Jäger überlassen, sagte sie strahlend.

Er zögerte noch einen Lidschlag lang und machte sich entschlossen an den Fleischhügel heran, der immer noch dampfte und ihn anstarrte. Dazu fasste er mit der Linken das Herz, das im Vordergrund der beiden Lungenflügel herausragte und einem Schamanensperling glich, schnitt es mit dem Messer in der Rechten am unteren Ende ab, viertelte längs, teilte eines der Viertel wieder längs in der Mitte und hielt es ihr, nachdem er das Messer weggelegt hatte, beidhändig hin. Sie legte ebenso eilig ihr Messer weg und streckte ihm die zusammengelegten Hände entgegen. Eine der Hälften ging an sie, die andere blieb bei ihm. Beide verzehrten sie dann genussvoll in feierlicher Stille.

Es war ein gewaltiges Mahl. Zum Schluss waren beide der Meinung, man hätte selber viel zu viel gegessen, der andere dagegen viel zu wenig. Damit mochte man zweimal Recht haben. Wichtiger aber war wohl, dass man nicht meinte, es wäre der Sinn der Sache, sich den Magen mit Fleisch voll zu stopfen. Übrigens war es, an sonstigen Beuten gemessen, nicht unbedingt das beste Fleisch. Es mutete zäh, mager und harnig an. Die Brühe aber schien jenseits jeden Vergleichs, war im Stande, all die kleinen Mängel wettzumachen. Doch auch, wenn dies nicht der Fall gewesen wäre, hatte es letzten Endes nichts zu bedeuten, denn sie waren erfüllt und besessen von etwas ganz anderem.

Wolken waren aufgekommen. Der Himmel war vom Südosten her bereits erloschen. Ergek ging lange umher unter den Pferden und Yaks, die sich immer noch nicht getrennt hatten. Schnee wird kommen, folgerte er und dachte an den Frühling, der diesem folgen würde, an junge Gräser, Fohlen und Kälber. Der Gedanke kam ihm unerträglich kindisch vor, war aber hartnäckig, trotzte der Scham und klebte zäh am Südhang der Landschaften in ihm. Diese lagen, von Stille umweht, in gleißender Sonne.

Er fand seine Schlafstätte gerichtet vor, als er in die Jurte zurückkehrte. Sie war im Dörr, war bereit. Das Bett drüben ist schmal und wacklig, sagte sie, da können Sie sich nicht gut ausruhen. Darauf verließ sie die Jurte und blieb lange weg. Dann löschte sie mitten im Ausziehen die Talgleuchte. Es raschelte lange, bis Stille eintrat. Irgendwann spürte er Atemwind. Heiß und stockend war er. Seine Hand tastete vor und stieß auf sie. Und diese Hand streichelte, packte zu und zog an. Sie gab der Zugkraft nur allzu gern nach, sank hin und fiel seitlich in das Nest hinein, in dem er lag und wartete, längst ungeduldig und zitternd.

Zwei Hälften flogen aufeinander zu und fielen ineinander, so schien es. Sie lagen Arm in Arm, Schenkel an Schenkel, miteinander verkeilt, ein Ganzes. Es war da wie dort derselbe bebende, glühende Körper mit dem hämmernden Herzen und dahinstürmenden Blut, dasselbe wilde, blinde Verlangen, an die andere Hälfte noch näher zu rücken und in sie einzudringen. Nicht er, nicht sie vermochte wohl die Sinne darüber wach zu halten, wie es dazu kam, aber mit einem Mal wurde beiden bewusst, sie hatten sich einander eröffnet, waren gerade dabei, sich ineinander zu ergießen. Vielleicht dauerte es eine Ewigkeit, oder aber nur einen schmalen Augenblick.

Erneut schwebten sie. Dojnaa hatte an solches nie gedacht, geschweige denn es je erlebt. Es war nun bald nicht mehr auszuhalten, dennoch wollte sie auf keinen Fall zurück, wollte weiter, wollte mehr. Und es war unendlich viel, was sie bereits hatte, und genauso viel durfte sie auch dem von sich geben, der ihr entgegenwehte, -glühte und -flammte. Das war es, was sie am meisten befriedigte und wieder beflügelte. Ergek war anfangs von seiner Erfahrung geleitet, glaubte sich nebelhaft zu erinnern, wie er dem nahen Wesen noch näher zu rücken hatte, musste sich aber bald eingestehen, die Erfahrung, die er mit Anaj gemacht und festgestampft hatte, wurde von ihm selbst abgestoßen. Die Erinnerung zerbrach, die Fetzen lösten sich auf, und es war plötzlich, als ob ein Vorhang aufginge. Was sich nun auftat, kannte er – es war der Ort, wo er seinen Anfang genommen hatte.

Irgendwann ließen sie doch voneinander ab. Da nahm sie überrascht wahr, es sollte auch jetzt anders sein als früher mit dem anderen. Er blieb ihr zugekehrt, hielt sie weiter fest im Arm. Auch sie war erfüllt von einer bislang unbekannten, an einem Ende zwar gelöschten, am anderen jedoch weiter brennenden, ja erst recht lodernden Lust, ihm nahe zu bleiben.

Tränen flossen ihr aus den Augen. Weshalb, wusste sie nicht. Möglich, dass sie die vielen Male mit jenem nun nachträglich bereute. Es waren taube, tote Male, trotz der Folgen, der Kinder. Zahllos oft war sie betrogen, um etwas sehr Wertvolles gebracht worden. Mit einem Schlag begriff sie, weshalb sich manch einer in mühselige Verstrickungen stürzte, um neben einem ganz bestimmten anderen zu sein. Da glaubte sie, selbst jenen zu verstehen, der ihr unverständlich erschienen war, weil er seine Lebenszeit auf einer endlosen Suche zu vertun schien und vorerst neben der ziegenhaften Witwe gelandet war.

Ergek bemerkte ihre Tränen und das gab Anlass zu neuen Zärtlichkeiten. Während seine Lippen das hervorquellende Salzwasser genüsslich absogen und seine Fingerkuppen über ihre glühende, nasse Rückenhaut fuhren, zog sie sich zusammen und verkroch sich, leise wimmernd, immer tiefer in seine Arme. Dabei kam sie sich kindsklein vor, und so war auch seine Empfindung.

Dann nahm er den Gesprächsfaden wieder auf, den er am Abend zuvor in der dampfgeschwängerten Luft über dem brodelnden Kessel losgelassen hatte. Anaj ist es gewesen, sprach er feierlich-geheimnisvoll, die den in dem Widderkopf innewohnenden Sinn gedeutet hat. Wie meinen Sie das?, fragte sie und lauschte angestrengt. Sie hat gemeint, sagte er, du hättest die steinschwere, sperrige Last nur meinetwegen herübergeschleppt. Steh nicht wie ein Klotz herum, hat sie weiter gesagt, geh hin und tu etwas,

das dem unüberhörbaren und unübersehbaren Liebesge-
ständnis wenigstens annähernd gleichkommt.

Was hat sie noch gesagt?, wollte sie wissen.

Er erzählte ihr einiges, nicht alles. Während er es tat,
musste sie wieder und wieder einen kleinen Ausruf unter-
drücken und dabei den Kopf schütteln. Es war kein ver-
neinendes, vielmehr ein bejahendes, und darüber selber er-
schrockenes, verwirrtes Kopfschütteln. Aber noch mitten
in seiner Erzählung schlief sie ein. Gerührt nahm er es zur
Kenntnis und folgte ihr wenig später selbst in den Schlaf.

Gegen Morgen begann es zu schneien. Es war, als ob der Schnee Schlaf erzeugte. Die beiden schliefen so tief, so fest. Alles ringsum schien von ihrer Schläfrigkeit mitbetroffen zu sein. Die Kinder, die Herden, die Jurten, die Berge und die Steppen verharrten in Stille. Anaj war die einzige, einsame Ausnahme, war das klopfende Herz, der wachende Geist der langen Winternacht und des zuerst herein- und dann aus sich selber herausbrechenden Tages. Sie hatte nicht gut geschlafen. Schmerzendes hatten die Gedanken gehabt, die sich in ihrem ohnehin brummenden Schädel umhertrieben. Eigentlich sollte sie sich freuen. Sie tat es vielleicht auch, schon deswegen, weil sie ihren Willen endlich durchgesetzt hatte. Aber dieses Wissen um die verdiente Freude war von etwas umgeben, das schwer drückte und ätzte. Während sie in all den Jahren ihren Mann mit so manchen Angeboten anging, die er seltsam, ja dumm fand, hatte sie nie ernsthaft daran geglaubt, er würde ihr nur eines davon je abnehmen.

Nun aber war es passiert, er hatte ihrem Drängen nachgegeben. Weshalb dies zu dieser späten Stunde? Allein aus lauter, wie er beteuern und sie ihm glauben wollte, mit der Zeit immer stärker wachsender Achtung vor ihr? Gewiss nicht! Oft genug hatte sie ihn bei der Verwirrung ertappt, deren Stifterin das junge Weib war. Wäre das nicht geschehen, nimmer wäre sie wohl auf den zweifelhaften Gedanken gekommen, ihn mit jener zusammenzuführen. Ob er sich vorher wirklich geweigert hatte? Warum musste man, nachdem man sich oft daran vorbeigedrückt hatte, plötzlich dann doch zupacken?! Zugepackt eben lag er jetzt wohl wie erschlagen von der Süße des Glücks hinter drei Stricklängen und zwei Jurtenwänden in den Fängen des jungen Weibes. Der schlaue, alte Kerl!

Flammenhell sickerte der Lichtschein des neuen Tages durch die Spalte der Dachluke. Anaj stand auf, trat hinaus und sah sich einer veränderten, blendend weißen Welt gegenüber. Sie schreckte leicht zurück und flüsterte verwirrt: Ausgerechnet! Ja, es hatte geschneit und es schneite immer noch. Selbst der Himmel musste es mit den beiden gut gemeint haben. Alte Spuren waren ertränkt worden, und neuen galt es, sich frisch abzuheben aus dem weißen Nichts und auf neue Ziele zuzueilen. Während sie um den Felsen ging, zuckte und schmerzte ihr das Trommelfell vom Bersten des Schnees unter den Sohlen. Da erhaschte sie in ihrem Kopf noch den trotzig-bitteren Gedanken: Auch ich hinterlasse neue Fußstapfen, ab jetzt und hier – bin gar die Erste, die den Neuschnee, vielleicht den letzten eines Jahres gebrochen hat.

Wenig später ging sie wieder zurück. Sie ging gebückt und schweren Schrittes, erstmalig wirklich die alte Frau, von der sie manchmal gesprochen hatte. An der Jurte angekommen, lehnte sie sich so heftig daran, dass das Holzgerüst hinter Schnee und Filz knarrte und krachte. Einen Pulsschlag lang hielt sie die Augen geschlossen und überlegte, was sie nun zu tun hatte. Sie fand keine Antwort darauf, schabte unwillkürlich den Schnee auf dem oberen Rand der Jurtenwand mit der Handkante weg, griff nach einem Strick, löste einen Knoten und schlug die Dachluke zurück.

Dann trat sie in die Jurte, entaschte den Herd, machte Feuer und kochte Tee. Währenddessen sah sie wieder und wieder zu dem Jungen, der im Dörr lag und fest schlief. Du und ich werden uns am Rand verhalten müssen, dachte sie. Die rauchgeschwärzte, altersschiefe Jurte wird uns beiden gut genug sein. Wenn ich von der Holz- und Filzwand zu der Steinwand wechsele, wirst du drinnen bleiben. Du bist im Wachsen, ein Bett muss her, eines der Yaks muss verkauft werden. Du hast es längst verdient, warst schon von Anfang an gern in dieser Jurte, der vom Kindersegen gemiedenen, unglückseligen Hütte. Vielleicht hast du dich auf dem Wege zu mir verlaufen, Kindchen, wer weiß.

Der Tee war trinkfertig, stand in der Kanne. Aber sie fühlte sich nicht in der Lage, ihn allein zu trinken. Sie musste so lange damit warten, bis wenigstens der Junge aufgestanden war. Vielleicht würde bis dahin auch der Mann zurück sein, der Alte. Bei dem Gedanken brach sie in ein kurzes, wutvolles Gelächter aus. Oh, auftauchen sollte er endlich wieder, sie würde ihm schreiend gern in die Augen schauen und ihn zur Rede stellen! Sehens- und hörenswert wäre, wie sich seine Lippen zusammenfügen und was sie zusammenlügen würden, nach all dem. Es zog sie hinaus und sie gab dem Drang nach. Die Jurte drüben dämmerte immer noch im stillen Schlummer, die Dachluke stand nach wie vor zugezogen. Wildbrühe, Liebesglück, Schneeluft – alles frisch, dachte sie höhnisch und flüsterte unwillig vor sich hin: Sind die denn von den Gaben erschlagen? Doch sie wusste, so konnte es nicht sein.

Als ihr bewusst wurde, was sie machte, war sie schon auf halbem Wege zu der dämmernden, schlummernden Jurte. Ruckartig blieb sie stehen und überlegte. Ob sie zurückkehren sollte? Die Spur würde sie nachher verraten! Abschwenken und auf die seltsame, vermischte Herde zugehen? Ja, das machte sie. Aber einen Sinn musste ihr Tun und Treiben schließlich haben. Und sie erfand ihn. Sie ging auf die Pferde zu, brachte sie zum Aufstehen, trennte sie von den Yaks und trieb sie zur Weide. Sie ging nur ein paar Stricklängen, dennoch erschien ihr der Weg recht lang. Dann kehrte sie zurück. Zuerst wollte sie an der Jurte vorbeigehen, in der festen Annahme, die junge Frau würde inzwischen auf sein. Aber sie sah, dass sich nichts geändert hatte an der Jurte, die unter einer Schneedecke ruhte, aufgequollen und unverschämt würdevoll wirkte.

Das war ihr schließlich doch zu viel. Seit dem frühen Morgen rennt man hier herum wie ein vergessener, überflüssiger Geist, bringt eine ganze Herde auf die Beine, bringt sie weg, und die Herrschaften haben immer noch nichts gemerkt, zeigen sich immer noch nicht geneigt, die Liebesnacht zu beenden! Zornig ging sie auf die Jurte zu. Sie wühlte im Schnee an der Wand rechts von der Tür, fand das Strickende, zog kräftig daran, ging drei, vier Schritte links und schlug schwungvoll den Dachlukenfilz zurück. Dann ging sie rückwärts, stand eine Weile suchend mit dem Blick und fand schließlich, wonach sie gesucht hatte: die Holzschaufel, deren Stiel über dem Dunghaufen herausragte. Sie eilte hin, griff danach, zog den Schaufelkörper aus dem Schnee hervor, kam damit wieder auf die Jurte zugehastet und fing an, den Schnee vor der Tür wegzuschaben.

Als die Jurtentür endlich aufging, war eine ganze Menge Schnee gewälzt. Dojnaas Gesicht schien zu zerbersten und gleich darauf inmitten eines Scherbenhaufens zu erstarren. Anajs Gesicht dagegen erhellte sich und gewann klare, schnittscharfe Züge. Sie schauten sich eine Weile an. Die eine zitterte und stöhnte, lückenlos getroffen und immer schwerer verwundet von den daherfliegenden und dahinkrepierenden Pfeilen des Augenblicks, während die andere still und fest dastand und die Wirkung genoss.

Irgendwann brach die Gepeinigte den lautlosen Sturm im Raum ab, indem sie aus sich kaum hörbar herausbrachte: Schwe… Schwe… Schwester, und in Tränen ausbrach. Sie hatte sagen wollen: Tante Anaj, ich schäme mich für meinen langen Schlaf und es ist so lieb, dass Sie mir zu Hilfe gekommen sind. Ja, dieses und vielleicht noch etwas zum Schnee hatte sie sagen wollen. Und Anaj hatte auf der Zunge spuckfertig gehabt: Bleibt doch noch im Bett liegen! Gleich werde ich Feuer machen und Wasser aufsetzen. Erst dann, wenn der Tee in die Schalen eingeschenkt ist und ich, eure Magd ab heute, mich fürs Erste zurückgezogen habe, möchtet ihr, hohes, frisches Paar, bitte belieben, euch zu erheben!

Nun aber dies. Die Worte waren auf beiden Seiten scheu geworden, schienen hier wie da einen Unterschlupf gefunden zu haben. Die Festere eilte der Schwächeren entgegen, nahm sie an der Hand und sagte leise, aber eindringlich und überstürzt: Nicht doch, mein Kind … nicht weinen … an so einem Tag nicht. Ist ja schon gut … es war mein Wunsch und ich freue mich darüber nur. Du hast Recht, Kind, zwei Schwestern werden wir zueinander sein, zwei Arme und zwei Beine dem Mann, der es verdient. Und in unserem Windschutz werden deine Kinder gut gedeihen.

Während ihr Mund so sprach, wischte ihre Hand die Tränen ab und streichelte die Backen der Weinenden. Diese sank plötzlich auf die Knie, umschlang die Tröstende um die Hüften und ließ den Tränen erst recht freien Lauf.

Die beiden hatten eine weitere Gelegenheit, ihre Gefühle auszutauschen. Es herrschte Ruhe und man hatte Zeit gehabt zu überlegen.

Wieder war es die Ältere, die sprach. Die Jüngere hörte zu, gefasst und ohne Widerrede. Diesmal lauteten die Worte: Schau dir eine Pferdeherde an. Ein Dutzend Stuten und ein Hengst nur, doch alle sehen zufrieden aus. Wir zwei werden schon gut auskommen mit unserem Leithengst. Der ist zwar alt, aber gut, das sag ich dir, die ich mit ihm meine Jugend dahingehen sah. Er war so gut, dass ich trotz des bitter Fehlenden auf ihn nicht habe verzichten können, Mädchen! Du hast richtig erkannt, nicht nur zunehmende Weisheit, sondern auch Restfeuer steckt in ihm. Und noch eines: Sollte unsere kleine Herde Zuwachs bekommen, es soll uns nur recht sein, wir zwei werden an ihren beiden Flanken wachen und Mutter sein, die eine so gut wie die andere!

Das war aber erst später. Davor gab es noch den Rest des Tages, der auch einiges enthielt, und weitere Tage und Nächte, alle mit eigenem Gepäck. Es kam vieles auf sie zu. Es war, als ob der Schicksalsbeutel, der bisher recht spärlich aufgefüllt zu sein schien, mit einem Mal anfinge überzuquellen.

An dem Tag, der mit Schnee und Tränen angefangen hatte, ritt Dojnaa wieder aus. Es musste nach der Falle gesehen werden. Auch Ergek machte sich davon, den Widderkopf auf dem Rücken. Der höchste Gipfel war sein Ziel. Anaj blieb allein zurück mit den Kindern.

Vorher gab es ein gemeinsames Mahl. Die aufgewärmte Brühe mit dem fein geschnetzelten Fleisch schmeckte so gut, dass selbst das jüngste Sippenmitglied lobende Worte fand. Sie galten der, die sich längst wieder gefasst hatte und deren sonst abgehärmtes, wettergebräuntes Gesicht nun unter glänzenden Schweißtropfen weich wirkte und hell strahlte. Das Kind fragte, ob das Essen von der Oma gekocht sei.

Ergek saß dort, wo er gestern auch gesessen hatte, saß breit auf gekreuzten Beinen, hielt den Kopf würdevoll erhoben und aß langsam und schweigend. Er behielt alle, die ihm zu beiden Seiten saßen und aßen, im Auge und im Ohr. Er dachte an das Siebengestirn, an die Plejaden am nächtlichen Sternenhimmel. Er wusste dabei auch die anderen in gehobener Stimmung. Eine feierliche Spannung hatte sich über alle ausgebreitet und verband jeden mit jedem und allem.

Dojnaa erinnerte Ergek daran, die Jagdbeute zu teilen. Dieser tat es, nachdem er die Wirbelsäule zerlegt hatte. Das Fleisch war ausgehängt und hatte über Nacht eine verharschte Haut bekommen. Er teilte es in zwei gleiche Haufen, legte zu dem einen eine Hinter- und eine Vorderkeule hinzu und entschied, dieser solle in die andere Jurte kommen. Anaj rief erschrocken aus, sie brauche doch gar nicht so viel. Die Jägerin erwiderte scherzend, aber bestimmt: Keiner ist größer als …, hielt inne und wartete. Ach so, lachte jene kurz auf und sagte ergeben: Die Sitte, natürlich! Die Kinder machten sich bereits über den Haufen her, drängten freudig lärmend heran, den der Nachbarsjurte zustehenden Beuteanteil hinüberzutragen. Und die Frau, die vorhin dem hatte widersprechen wollen, eilte jetzt hinaus, um den Trägerzug zu begleiten und die Gabe vor den Hunden zu schützen.

Der Tag brannte hellblau über der Erde, die zusammengekauert dalag unter ihrem grell-frischen Fell, dessen wolliges, welliges Haar, der Schnee, nach Stunden immer noch aufgebauscht dastand. Der Wind fiel aus. Es war, als wenn er überhaupt ausbleiben würde in diesem Winter. Kein Hauch, nicht einmal die Luft war zu spüren an diesem Tag. Wie wenn sich der Himmel von seinem Gewicht gelöst hätte.

Dojnaa fühlte sich schwebend leicht im Sattel, was unter anderem auch von dem jungen, kräftigen Wallach kam, der sie trug. Ergek hatte ihr sein Reitpferd angeboten, hatte gesagt, das ihrige solle sich heute ausruhen nach der schweren Last, die es gestern zu tragen gehabt hatte; er selbst wolle zu Fuß gehen. Der Schimmel mit den Wolfsohren hatte einen federnd leichten Gang, der von einer guten Laune und einem festen Willen zeugte. Auch sie war gut gelaunt und fest gewillt, zuzugehen auf das, was sich ihr aufgetan hatte, gleich, was es wäre. Dabei war sie von Zuversicht erfüllt, so wie der Tag von Licht erfüllt war. Es konnte nur Gutes sein, keine Nadelspitze Platz war in ihr für Zweifel, Scham oder Reue. Alles lag klar und geordnet vor ihr: Ergek war ihr Mann, Anaj ihre Schwester und ihrer Kinder Mitmutter. Dass die heute noch schwache Sippe erstarken, die Herde sich vermehren würde, erschien ihr so selbstverständlich, wie heute Abend der Mond und morgen Früh die Sonne aufgehen würde.

Möglicherweise waren es diese himmelhellen, flockenleichten Gedanken, die etwas andeuteten, was noch in der Zukunft eingeschlossen verharrte. Jedenfalls zeigte sich das Wild heute schnell als Beute, denn es steckte in diesem Gelände bereits in der Falle. Es war der Wolf! Die Jägerin machte ihn auf den ersten Blick aus und duckte sich sofort. Sie glaubte, er habe sie nicht gesehen. Was wichtig war, da die Regel lautete: Einem Wolf in der Falle keine Zeit mehr lassen, nachdem er dich gesehen hat!

Aber von hier aus erschien es ihr wenig sinnvoll, sowohl

gleich den Schuss abzugeben, als auch auf ihn loszupreschen mit dem Schlagstock in der Hand. Er war noch zu weit entfernt. So ging sie auf die abschüssige Seite der welligen weiten Ebene und nahm einen Umweg. Als sie sich dem Ziel endlich genug genähert zu haben glaubte und gerade im Begriff war, vom Pferd abzusteigen, sah sie ihn plötzlich in einer Entfernung von gut zwei Schüssen flüchten. Ruckartig hob sie die Zügel und riss die Füße im Steigbügel auseinander, um sie gleich wieder zusammenzuschlagen. Der Schimmel hatte sie verstanden und jagte dahin. Er glich einem Schleuderstein und flog dem Flüchtenden hinterher.

Dojnaa lag vorgebeugt im Sattel, blickte zielend aus zusammengekniffenen Augen voraus und schätzte den Abstand. Der verringerte sich zwar zusehends, war aber noch zu groß zum Schießen. Außerdem wusste sie nicht, wie sich der Schimmel unter einem Schuss verhalten würde. Vorerst wartete sie ab und überlegte. Sie war in einer guten Lage, hatte den Wolf von der steilen Seite des Berges abgeschnitten. Und er, der ohnehin bereits benachteiligt war, entschied sich fehlerhaft, indem er dem Druck nachgab und links abbog, anstatt um jeden Preis gegenzuhalten und pfeilgerade zu laufen, was zwar zunächst mehr ungeschützte Ebene bedeutet hätte, dann aber gleich auch ein besseres Versteck versprach.

Vielleicht wollte der tierische Verstand dem Menschen unterstellen, er würde sich an der Kette von den Brusthügeln gleich hinter dem linken Rand der Ebene verheddern. Der Mensch jedoch, der eine Frau war und dazu noch eine Jägerin, kannte die Landschaft auswendig. Ihr fiel auch auf, dass der Wolf nicht so schnell war, wie Wölfe sonst waren. Es schien ein vom Himmel verlassenes Wesen zu sein. Sie dagegen kam sich vor, als hätte sie ihn, den Himmel, der die Gerechtigkeit und die Nähe des Glücks liebte, auf ihrer Seite. Die gerissene trächtige Stute, Ergek sowie der Schimmel mit den Wolfsohren und der Wolkenfarbe schienen ihr ein größeres Recht und Gewicht dem da gegenüber zu verleihen.

Und es ergab sich genau das, was sie vorausgesehen hatte. Obwohl der Wolf für eine kleine Weile aus dem Blick verschwinden konnte, wusste sie ihn dennoch gleich wieder ausfindig zu machen. Jetzt war sie ihm fast tödlich nahe gekommen und sah, dass ihm die rechte Hinterpfote fehlte. Leer und dunkelrot ragte das Sprunggelenk aus dem federnden Körper heraus, einem Aststummel gleich. Dojnaa verspürte ein seltsames Gefühl, es war Freude mit sehr viel Ehrfurcht und auch einem Hauch Mitleid vermischt.

Ihr fiel ein, dass sie heute Morgen ein Stück hatte zurückreiten müssen, um die Peitsche gegen den klafterlangen Schlagstock aus Birkenholz zu tauschen. Dabei hatte sie nicht an den Wolf, nicht einmal an die Falle, sondern nur an die Steilhänge gedacht, wo ein Gehstock gut wäre. Nun glaubte sie abermals und fest daran, dass sie den Himmel heute auf ihrer Seite hatte. Und während sie so dachte, fasste sie den Stock mit der rechten Hand am äußersten, dünnen Ende und streckte ihn mit dem wulstigen Ende nach vorne, dicht neben den Kopf des Pferdes.

Der Schimmel war gewaltig und unheimlich. Er hatte nicht im Mindesten nachgelassen, lag dem Flüchtenden längst auf der Ferse und hatte sich in dessen hellen Schatten, in einen unablässigen Geist des Todes verwandelt, war zum Wolf des Wolfes geworden. Der, den die Menschen selbst beim Namen zu nennen sich scheuten, geriet in immer größere Not, er zeigte sich da und dort unwölfisch sogar. So ließ er sich verwirren und zuletzt schien ihm auch der Ortssinn zu versagen. Denn nachdem er wiederholt und vergeblich versucht hatte, die Fluchtrichtung zu ändern, ließ er sich auf die Ebene drücken. Da straffte die Reiterin die Zügel eine Weile, ließ sich und ihm Zeit und sah ihm zu. Pfeilgerade lief er weiter, lief auf seinen eigenen Tod zu.

Jetzt hatte die Jägerin freie Hand. Schießen könnte sie vom Sattel aus, denn mittlerweile wusste sie, mit dem Pferd durfte sie sich das leisten. Oder aber sie könnte absteigen und stehend, hockend, liegend zielen, ganz nach Belieben. Warum aber hielt sie den Schlagstock, diese knollige Wurzelfaust mit dem langen Stiel, in der eigenen Faust so fest? Ja, warum hatte sie ihn überhaupt mitgenommen? Der Stock, dessen dickes, schweres Ende Blut- und Fettspuren aufwies, war auf so manche Schädel und Schnauzen niedergesaust, war aber noch gegen keinen Wolf erhoben worden. Das war es, schloss sie, das war der Sinn dessen, dass ich heute Morgen zurückreiten, den Stock gegen die Peitsche tauschen und ihn seitdem in der Winterskälte mit mir herumtragen musste!

Das dachte sie und gab dem Druck des Pferdes ein wenig nach. Der Schimmel schnellte ruckartig voran, ging sogleich auf den Wolf zu. Sie erhob den Stock, während sie das Pferd mit dem in der linken Faust liegenden Zügel links am Wolf vorbei lenkte, selber nach rechts rutschte und mit dem Oberkörper nach unten hing, über dem schmalen, dunkel glänzenden Wolfsrücken. Dann schlug sie zu. Es knallte dumpf und fühlte sich weicher an als erwartet. Ihr war, als hätte der Schlag mehr den Nacken getroffen als das Schädeldach. Doch der Wolf brach zusammen, stürzte im Lauf vorwärts in den Schnee. Deutlich konnte sie sehen, wie der Schwanz, der kurz vorher eingezogen war, in die Höhe flog und wedelnd durch den glitzernden Schneestaub zog. Sie war überrascht und begeistert von dem vernichtenden Ergebnis des Schlages.

In einem weiten Bogen kamen sie zurückgeeilt. Der Wolf lag kopfüber verdreht im Schnee, als hätte er den Geist längst aufgegeben. Die Reiterin stieg von dem tänzelnden Pferd ab und hastete, die Führleine in der Linken und den Schlagstock in der Rechten, auf die Beute zu. Da geschah es, dass sich der vermeintlich tödlich getroffene Haufen plötzlich rührte, der verdrehte Fetzen sich zurechtbog, in einen quicklebendigen Wolf verwandelte und sie ansprang. Einen Herzschlag davor war aber auch dieses geschehen: Der Schimmel, der sich vom Menschen zäh vorwärts zerren ließ, war stehen geblieben, sodass auch Dojnaa am anderen Ende der Leine stehen bleiben musste. Das Tier hatte die Gefahr eher erkannt als der Mensch.

Also stand Dojnaa auf beiden Füßen und hatte gutes Gleichgewicht, als der Wolf auf sie zuschoss. Sie zuckte kurz zusammen, für mehr Schreck blieb ihr keine Zeit. Aber der Bruchteil reichte gerade noch, um die Hand mit dem Schlagstock zu heben und zu zielen. Sie schlug zu und es war ein Volltreffer. Sie spürte es, die Knochen zerbarsten und zerbrachen.

Dennoch vollendete sich der einmal gemachte Sprung fast, der Pfeil aus dem Wolfskörper erreichte das Ziel und das aufgesperrte Maul biss sich noch fest, allerdings nur im Schoß ihres Tonn. Hätte sie auch nur einen Schritt näher gestanden, es hätte schlecht geendet für sie. So war sie am Leib unversehrt. Das wurde ihr jedoch erst später bewusst. Vorerst hatte sie ihn beidhändig am Scheitel gepackt und drückte ihn nieder. Der Schoß aus weich gegerbtem Schaffell riss langsam und lautlos, löste sich allmählich vom

Hauptteil. Jetzt steckte der Kopf mit der Schnauze im Schnee. Der Körper des Wolfes war zusammengebrochen, lag unter Krämpfen da, und doch war die soeben abgewendete Gefahr noch nicht gebannt. Wieder und wieder trat ihr breiter, bestiefelter Fuß gegen die Wolfsschnauze, sodass es dumpf und dumpfer knallte.

Irgendwann ließ sie doch ab von dem besiegten Tierkörper, der sich endlich beruhigt hatte und nun leblos, einem entfalteten Fetzen gleich, dalag. Jetzt konnte die Jägerin ihre Beute auch begutachten. Es war ein junger Wolf mit zarten Gliedern. Die Falle hatte das Schienbein am oberen Ende zertrümmert. Die Haut, das Fleisch und die Sehne hatte das Tier selber durchgebissen.

Da entdeckte sie eine Zitze, die blaurötlich aus dem Fell herausschaute. Dann sah sie weitere Zitzen, alle in einer Reihe und jede wie eine kleine verschorfte Wunde. Übelkeit spürte sie in sich aufsteigen. Und inmitten dieses klebrigen Gefühls bekam sie einen so klaren Kopf, dass darinnen anstelle von Gedanken stechend scharfe und quicklebendige Bilder entstanden. Sie sah eine Wölfin und eine Frau, und beide steckten in der Falle. Die der Ersteren war stählern, aus drei Paaren messerdünner, verbogener Bänder, jedes so breit wie zwei zusammengelegte Finger, die der Letzteren war aus Fleisch, aus einem Geschlinge von Menschenleibern. Die eine war voll wilder Wut, legte ihr gefletschtes, grell blitzendes Gebiss an den eigenen Leib, sägte und kaute daran, die andere, voll zahmer Demut, gefiel sich im Gebaren, immer tiefer in das Geschlinge versinken zu wollen.

Lustlos legte sie den Dolch an die Beute. Widerstrebend zog sie den Zuschnitt entlang der Innenkante der gespreizten Hinterbeine. Kopfschüttelnd dachte sie dabei: Die kluge, mutige Selbstbefreierin aus der Falle ist ausgerechnet ereilt und niedergestreckt worden von der dummen Feigen, die nicht einmal gewusst hat, woran sie war. Unsinnige, wahnsinnige Welt! Später aber dachte sie wieder, den vorhergehenden Gedanken berichtigend: Gewusst hat sie nicht, dass sie in einer Falle saß, gut, aber das Leben ist es gewesen, das die Falle zumindest zu einer Hälfte zertrümmert hat, sonst wäre ich menschliche Wölfin an dich Wolfsfrau nie und nimmer wieder herangekommen!

Als dieser Gedanke ihre Stirne verließ, war der Wölfin das Fell bereits vom Fleisch abgetrennt und der Bauch wurde ihr gerade aufgeschlitzt. Die Finger der Jägerin suchten in den Falten der Leber vergebens nach der Galle und fanden schließlich die leere, zerfetzte Blasenhaut – das Säckchen war geplatzt. Enttäuschung wie Erleichterung zeigte sich auf ihrem Gesicht. Sie hatte beschlossen gehabt, die Galle der Wölfin auszutrinken wegen ihrer eigenen kranken Galle und auch zum Zeichen der Vergebung, um welche sie jene bitten wollte dafür, dass sie sie in einem ungleichen Kampf bezwungen hatte. Sicher wäre der Sack prallvoll und die Galle giftbitter gewesen. Jetzt aber war sie zerrissen. War es passiert, als das Pechluder gegen die Falle kämpfte? Oder auf der Flucht? Oder ganz zum Schluss, als sie bereits zum letzten Sprung ansetzte, vom Schlagstock am Schädel getroffen?

Eine Weile zögerte sie, dann schlitzte sie den Bauch weiter auf, bis eine winzige Harnblase und daneben eine angeschwollene Kette sichtbar wurde. Sie hieß bei Pfotentieren der Schicksalsbeutel, was wiederum eine ehrfürchtige Benennung für die Gebärmutter war. Es war eine fünfknotige Kette, jedes Glied davon so groß wie der Augapfel eines Yaks. Sechs Wolfsleben hatte das Leben der Stute gekostet, dachte sie, ohne zu wissen, ob sie davon auch befriedigt war. Erschüttert war sie auf alle Fälle. Du hast bei keinem deiner Opfer den Schicksalsbeutel angetastet, so soll der deinige auch unangetastet bleiben!

Die Frau ließ der Wölfin den Tonn-Fetzen im Maul. Die Kiefer waren so fest zusammengebissen wie ein zugefallenes Schloss. Sie hätte es gewiss aufbrechen können, wozu jedoch? So sah es nach dem Endwillen aus, einem Schwur, der nicht gebrochen werden wollte! Ich überlasse dir den Schaffellfetzen, dafür habe ich dir dein eigenes Fell abgezogen und zu mir genommen. Vorher hast du dich an meiner Stute und einer künftigen Herde in ihr geweidet und dich zu meiner Schuldnerin gemacht, nun ist die Bluttat ebenso blutig vergolten. Du bist samt einem künftigen Rudel ausgelöscht und damit ist zwischen dir und mir jede Rechnung beglichen!

Der Fleck Erde um das Aas und die Falle herum war von Spuren übersät, die in den geübten Augen der Jägerin zu einer Schrift zusammenliefen, welche die traurige Geschichte des Wolfsdaseins erzählte. Es waren wieder die vier. Die Wölfin war von der Falle geschnappt worden, als sie wieder gehen wollten. Wäre sie dem Rüden gefolgt wie der Welpe, sie hätte eine reichliche Handspanne rechts an der Falle vorbeigekonnt.

Doch sie war vom Teufel geritten, war ausgeschert, wohl um den jungen, immer noch nicht gestillten Fremdling zu reizen, denn dieser war in dem Augenblick, als es passierte, drei bis vier Wolfslängen hinter ihr noch beim Aas. Er musste in Gegenwart des Leitrüden Hemmungen gehabt haben und wollte sich nun wohl noch ein paar letzte Bissen erlauben. Zuerst war er zurückgeprallt, hatte dann eine

Schlaufe gezogen und sich davon gemacht, in die entgegengesetzte Richtung. Die anderen beiden hatten eine Wolfslänge davor gelegen, waren auseinander geprallt und hatten sich ein paar Sprünge weiter in Fluchtrichtung wieder zusammengefunden. Keiner hatte kehrtgemacht, nicht einmal gezögert. Alle drei, der Rüde, der Welpe und der Jagdgenosse, der nachträglich vielleicht auch noch Brunftgenosse sein wollte, überließen sie ihrem Schicksal.

Die umgekippte Falle mit den gespreizten, flügelhaften Schenkeln wirkte riesig, lag an der straff gezogenen Kette, als würde immer noch eine Restgewalt daran zerren. Der daumendicke, ellenlange Eisenpflock hatte gut gehalten. Daneben lagen zwei Häufchen Kot und Erbrochenes, beides längst steinhart gefroren, wie auch der Fußrest in der Falle. Auf dem ruhte der menschliche Blick lange, begleitet von Überlegungen, die dann in die Entscheidung mündeten, ihn darin zu belassen als ein zusätzliches Beutestück und als ständiges Mahnmal. Denn während die Jägerin auf das verwaiste, holzstarre Krüppelwesen geschaut hatte, glaubte sie eine hauchleise Stimme zu erhaschen, die jenem entstieg: An mir siehst du, dass du dich der Falle um jeden Preis entreißen musst!

Dojnaa hob das blutverschmierte, haarverklebte Gerät halb widerwillig, halb ehrfürchtig von der zerkratzten Schnee-Erde, gesellte es zum Wolfsfell und bestieg schwerfällig das Pferd. Anstatt den aus dem grellen Weiß so verräterisch dunkel herausbrechenden Spuren zu folgen, schlug sie den Heimweg ein, obwohl die Sonne noch hoch stand. Sie ritt Schritt, hielt die Augen zusammengekniffen, lauschte in die Weiten hinaus und in sich hinein. Sei wach!, hörte sie irgendwann. Sie war hellwach.

Besuch war gekommen, und das wollte der heimkehrenden Hausherrin irgendwie nicht passen. Sie erkannte es an dem Pferd, das in einem einzigen weißen Eispanzer steckte. Ein arg schwerer Ritt musste hinter ihm liegen. Diesmal schlugen die Hunde einen wahren Höllenlärm an, wollten sich lange nicht beruhigen, auch dann nicht, als das Wolfsfell und die Falle ins Versteck gebracht worden waren.

Wieder kamen ihr alle entgegen, umringten sie und schauten zu, als sie an der rechten Seite ihrer Jurte abstieg. Wiederum waren Alt und Jung von einer freudigen Aufregung erfasst. Doch war die Stimmung eine andere als die am Vortag. Das kam daher, dass ein Fremder in der Nähe war, von dem man manches ahnte, bei weitem aber nicht alles wusste.

Groß war Dojnaas Verwunderung, als sie die Jurte betrat und den Kerl sah. Quer im Dörr, ordentlich gebettet und das euterpralle, speckige Gesicht der Dachöffnung zugekehrt, schlief er, der Fast-Sergeant Naggi! Nanu, sagte sie vor sich hin und schaute fragend auf die Kinder. Kurze, ängstliche Blicke auf den Schnarchenden schickend berichteten sie im Halbgeflüster. Er sei besoffen, er warte auf sie und habe selber den Kleiderstapel aufgebrochen und die Sachen genommen. Während sie Tee trank, bekam sie Weiteres berichtet: Süßigkeiten hatte er verteilt und gesagt, er sei der neue Papa. Anaj deutete mit dem Kopf in Richtung des Fremden, streckte den kleinen Finger heraus und verzog das Gesicht: Das ist ein schlechter Mensch, pass auf! Ergek hielt sich draußen auf, kümmerte sich um das Pferd und versuchte, die Hunde zu beruhigen. Auch später kam er nicht.

Als es auf den Abend zuging, weckte sie den, der es sich wie in der eigenen Jurte gemütlich gemacht hatte und seit Stunden nun schon frech-genüsslich schlief. Zuvor hatte sie ihr Gedächtnis angestrengt und alles, was sie von ihm wusste und über ihn gehört hatte, zusammengekramt und versucht, daraus einen Gedankenstrick zu drehen. Naggi hieß in seinem Amtspapier eigentlich anders, unaussprechlich schwer und erhaben in der Bedeutung dazu. Er war Einwanderer, war vor einigen Jahren urplötzlich aufgetaucht und bald darauf in die Jurte einer älteren, vermögenden Witwe eingezogen, mit der er inzwischen einen Haufen Kinder hatte. Er galt als angeberisch, sauf- und streitlustig, aber auch als vornehm und stadtschlau, mit Lebenserfahrung, womit vor allem seine Soldaten- und Gefängnisjahre gemeint waren. Als Soldat, sagte man, wäre er fast Sergeant geworden, daher der Spitzname, und im Gefängnis sei er Ataman gewesen, und als solcher hätte er so manche kaputt- und einen sogar totgeschlagen. Nicht wenige zeigten sich eingeschüchtert von ihm, andere aber nahmen ihn nicht ernst und nannten ihn lediglich einen harmlosen Maulhelden. Dojnaa hatte mit ihm nie etwas zu tun gehabt. Der Strick, den sie gerade aus dem Gehörten im Kopf gedreht hatte, war also ein schwarzbunter.

Der Fremde, obwohl er fest geschlafen hatte, wurde schnell munter. Er lächelte sie an, als ob er ihr ausgeschlafener Säugling wäre. Das wurde ihr unheimlich.

Du bist zurück, das ist gut!, flüsterte er inbrünstig und redete gleich weiter, ohne ihr für eine Erwiderung Zeit zu lassen. Das Wichtigste habe ich deinen Kindern schon mitgeteilt. Was ich ihnen nicht gesagt habe, ist, gegen Doormak habe ich gewettet und verloren. Jetzt aber sehe ich, ich habe doch gewonnen, denn du siehst hübscher aus, als ich gedacht habe; sehe auch, ich hab damit richtig getan, als ich mich gleich in den Schlaf begeben habe, um in der Nacht besser zu sein. Du brauchst, Mädchen, gar nicht verlegen zu tun, ein jeder weiß doch, was dir gefehlt hat und wie vertrocknet du dastehst. Ich verspreche dir, so lange dazubleiben, bis dir jede Grille erst einmal aus dem Leib ausgetrieben ist. Später könnte ich dich in kurzen Abständen immer wieder besuchen, gesetzt den Fall, du bist eine gute, eine aufgeklärte Frau, eine menschliche Hündin, die es versteht, sich anzubieten und mich Rüden festzusaugen, bis ich vor Lust winsele, brülle und krepiere. Ja, wenn du so eine bist und nicht wie diese verschämten und gehemmten Land…

Eine Ohrfeige traf den Liegenden. Sofort verstummte er und blieb liegen. Das hatte sie nicht erwartet. Sie hatte gehofft, er würde aufspringen und versuchen, sie zu verprügeln. Was auch besser gewesen wäre, denn dann wäre sie mit ihm, so wie er nach Schnaps stank und verquollen und puppenhaft dalag, schnell fertig geworden und hätte ihn rausgeschmissen aus ihrer Jurte. Aber nichts dergleichen geschah. Stattdessen blieb er liegen und schaute sie aus verschreckten, weit aufgerissenen Augen an. Wieder musste sie an ein Kind denken, an ein großes, hilfloses und unglückliches obendrein. Nach einer langen, qualvollen Atemkehre begann er plötzlich zu weinen. Auf so etwas war sie erst recht nicht vorbereitet. Gut, dass sie die Kinder vorher hinausgeschickt hatte. Tränen strömten und er versuchte zu reden.

Alles, was er vorhin erzählt hätte, brachte er schluchzend aus sich heraus, wäre unwahr. Weder hätte er Doormak getroffen, noch hätte es eine Wette gegeben. Wahr aber wäre etwas anderes. Seit Jahren schon hätte er mit einem zärtlichen Blick auf sie gelebt. Nun sei er endlich gekommen, ein Knecht seines Gefühls, nachdem er gehört hätte, sie wäre vom Manne verlassen, wäre allein und in Not. Auch er selbst habe ein schweres Leben, es sei nicht mehr auszuhalten neben einer alten Frau, die ihn ständig wie einen dummen Buben behandele. Betrunken habe er sich absichtlich, um die Scheu zu überwinden.

Dojnaa stand verwirrt da. Ihr Blick, von ihm abgeprallt, irrte haltlos im flackernden Schummerlicht, das das Innere der Jurte bereits überflutet hatte. Wie war es nur möglich, dass ein erwachsener Mann so in Tränen zu vergehen und dabei zu ersticken drohte? Dabei spürte sie ein wenig Mitleid mit dem Mann, denn jetzt wusste sie, er konnte kein Kaputt- und erst recht kein Totschläger sein. Alles waren Dummenmärchen und Hirngespinste. Wie auch immer, mein Junge, folgerte sie, ihre Gedanken zurechtschüttelnd, es ändert nichts an meinem Leben, das endlich wieder in eine Rille mündet und dabei ist, lustvoll zu fließen!

Sie forderte ihn auf, aufzustehen und heißen Tee zu trinken, damit sein Rausch schnell verfliegen, er sich um sein Pferd kümmern und zu der geräumigen Nachbarsjurte gehen könne, wenn er übernachten wolle. Er gehorchte sogleich, stand auf, trat aus der Jurte und blieb lange weg. Als er dann endlich wieder kam, sagte er, das Pferd sei auf die Weide gebracht. Er setzte sich zum Teetrinken hin und wirkte fast wieder ausgenüchtert. Wenig später jedoch hing ihm der Kopf nach vorne und der Körper schwankte bald hierhin und bald dorthin, er schien erneut betrunken zu sein, und zwar schwer.

Da war bereits die Leuchte angezündet, die Kinder waren zurückgekehrt. Nun schauten Groß und Klein ungläubig auf den, der so mit sich kämpfte und aussah, als würde er jeden Augenblick umkippen. So geschah es dann auch, er kippte seitlich weg.

Die Hausherrin stieß einen kleinen, unterdrückten Schrei aus, eilte zu ihm, hob den Oberkörper hoch und fragte erschrocken, was denn geschehen sei.

Sprit, kam es nach einer Weile aus dem Mund des Menschen leise gehaucht, aber gut hörbar.

Was ist das?

Schnapsgeist aus dem Laden!

Und was ist damit?

Habe ihn getrunken, unverdünnt und sobald Flüssigkeit drauf kommt … fängt es an … erst recht zu wirken …

Kurz darauf hörte man ihn nur noch leise schnarchen. Sie ließ den schlaffen, fremden Körper vorsichtig zurücksinken, schob ein Kissen unter seinen Kopf und verließ die Jurte. Sie ging zu den beiden in der Nachbarsjurte und erzählte ausführlich, was vorgefallen war. Ergek hatte von dem Schnapsgeist gehört, sogar davon, dass sich einer daran verbrannt hätte. Anaj hingegen konnte dem Kerl die Besoffenheit nicht abnehmen, hatte er doch vorher schon Tee aus ihrer Hand getrunken.

Sie meinen, er spinnt?

Wie denn sonst? Besser, ich gehe hin und bleibe bei den Kindern!

Und ich?

Du übernachtest eben hier!

Dojnaa bekam einen Schreck, der etwas Betäubendes in ihr auslöste. Aber sie wusste, das ging zu weit. Und so sagte sie Nein.

Andernfalls geht der Mann mit!, wollte die Ältere entscheiden. Die Jüngere überlegte eine Weile und schlug dann auch dieses Angebot aus. Sie sagte fröhlich, man brauche sich keine Sorgen zu machen, sie würde mit ihm auf jeden Fall fertig werden.

Der ist mit allen Wassern gewaschen. Bleib auf der Hut, Mädchen!, rief Anaj ihr noch nach.

Dojnaa blieb auf der Hut und erwachte sofort, als ein Rascheln in der Finsternis zu hören war. Der Mensch reckte und streckte sich. Sie hatte ihm lediglich die Stiefel ausgezogen und den Gürtel abgebunden, bevor sie ihn zudeckte. Dabei hatte er tief geschlafen. Es raschelte weiter. Jetzt hob sie den Kopf vom Kissen, hielt den Atem an und lauschte. Offensichtlich zog er sich aus. Vielleicht ist ihm nur zu warm geworden, dachte sie und wollte sich beruhigen. Aber sie kam nicht zur Ruhe, hörte ihn aufstehen. Auch sie erhob sich und schlich ihm entgegen. Sie hatte Angst wegen der Kinder, die dazwischen lagen. Er könnte über sie stolpern. Sie trafen sich in der Jurtenmitte, auf dem schmalen Gang zwischen den Kinderfüßen und dem Herd. Er musste sich die Raumlage genau gemerkt haben, bevor das Licht gelöscht worden war.

Er wollte sie umarmen. Sie aber schob zuerst die Arme, darauf seinen ganzen Körper zurück und flüsterte eindringlich: Wo willst du denn hin?

Ebenso flüsternd stotterte er: Zu dir, zu dir natürlich. Gut, dass du von selber kommst.

Nichts ist gut! Merke dir, mein Bürschlein, ich will es nicht! Und wenn du nicht hören willst, dann dies: In mir ist die Tochter des Elefanten und sie wird dich, wann und wie sie will, hinauswerfen! Sie trat zurück, ging zum Bett und legte sich wieder hin. Wenig später hörte sie Geraschel auf der anderen Seite der Jurte, nun rücksichtslos laut. Nach einer Weile jedoch verstummte es.

Dojnaa sah in ihren Gedanken die Wölfin quicklebendig vor sich. Sie kam gesprungen, ein Wind ging ihr voraus. Sie war gut, dachte sie, hatte aber Pech, und dies, da ihr Gegenüber, die menschliche Wölfin, den Himmel wohl doch auf ihrer Seite hatte. Dann schlief sie ein, mit einem Lächeln auf dem Gesicht.

Beim Morgentee herrschte Schweigen in der Jurte. Die wenigen Worte, die der Gast von sich hören ließ, klangen verzweigt in ihrer Bedeutung. Gleich darauf holte er sein Pferd und sattelte es. Doch bevor er davonritt, wurde er noch einmal gesprächig.

Eine gute Gastgeberin warst du wahrlich nicht, sprach er bitter. Das verdient vor dem Himmel und dem Mann, der ich bin, Vergeltung. Und ich wüsste schon, wie dir am besten beizukommen sein wird. Ich werde deinen Namen in eine nächtliche, schmatzend klebrige Geschichte betten und in alle Winde streuen! Ja, das werde ich tun und meine Fühler weiterhin nach dir ausstrecken. Wie lange du wohl dem Ansturm des erlebnishungrigen, tatkräftigen Männervolkes standhältst? Will wetten, nicht sehr lange! Du wirst dem Jucken und Brennen des Nacht für Nacht geweckten Fleisches nachgeben müssen und so am Ende plattgewalzt daliegen, eine öffentliche Matte!

Nachdem diese Worte ausgesprochen waren, kam aus seinem schiefen Mund eine schmale rosafarbene Zungenspitze heraus und strich genüsslich über die dünnen Lippen, als ob sie dem soeben gestreuten Gift nachspürte. Dojnaa war auf solches nicht vorbereitet und stand da mit zuckenden Lidern. Erst als er bereits weggeritten war, wurde ihr der ganze Sinn dessen bewusst, was sie sich hatte anhören müssen. Da begriff sie mit einem Schlag, wie verkehrt es gewesen war, dass sie die Nacht ohne Zeugen mit dem da unter einem Dach verbracht hatte.

Zuerst wollte sie darüber mit Anaj reden. Doch was waren Worte gegen Worte? Wie überzeugend sie die Wahrheit auch anbringen würde, konnte sie nicht doch eines Tages von einem herbeigewehten Gerücht erschüttert, ja gar vertrieben werden? So bewahrte sie Schweigen darüber, was ihre Seele drückte, und sagte stattdessen, sie brauche den Schimmel mit den Wolfsohren heute abermals. Ergek holte und sattelte ihn. Sie schulterte das Gewehr, bestieg das Pferd und bevor sie davonritt, sprach sie zu allen, die um sie herum standen, diesmal solle man von ihr keine Jagdbeute erwarten, die würde später schon von selbst kommen, rudel- und schwarmweise, als wilde Wölfe und zahme Enten. Dann begab sie sich in die Himmelsrichtung, in der vor einer Weile der ungebetene und unbefriedigte Gast verschwunden war.

Dojnaa vermochte den Fast-Sergeant Naggi nicht mehr einzuholen, obwohl sie längst auf dessen Fersen zu sitzen glaubte. Die frischen Spuren führten an etlichen bevölkerten Seitentälern schnurgerade vorbei. Der Reiter hatte es offenbar eilig, hatte ein Ziel. Es war das Ail der Drei Schwarzen im oberen Bistig. So hatten vor langer Zeit die drei Söhne einer namhaften Frau geheißen. Anfangs Pferdediebe und Zobeljäger, waren sie später wohlhabende, angesehene Leute. Inzwischen lebten zwei der drei Gebrüder nicht mehr, und in beide Jurten waren fremde Männer eingezogen, doch hatte man der Sippe den alten Namen belassen.

Das zu Schanden gerittene Pferd stand an der vordersten der vier Jurten, es war gerade angekommen, dampfte. Den Hund, der zu der Jurte gehören musste, merkte sich die Herannahende gut, schaute mit dem Jägerblick auf ihn. Es war ein rabenschwarzer, fülliger Rüde, vom Maul her ergrauend und am linken Vorderbein hinkend. Auch andere Hunde erhoben sich und stürzten mit lautem Gebell herbei. Sie nahm das Gewehr von der Schulter, richtete es auf den vierbeinigen Greis, der eine tiefe, heisere Stimme hatte und sich schwerfällig auf sie zu bewegte.

Die Gebärde des unbekannten Menschen erschien den Wächterseelen wohl verdächtig, denn sogleich schlugen sie einen Höllenlärm an, der nicht eher abflauen wollte, bis ein Schuss krachte. Der schwarze Rüde stürzte zu Boden, der Rest verstummte und erstarrte einen Herzschlag lang, dann stob er auseinander und flüchtete winselnd und wimmernd davon.

Menschen kamen aus den Jurten hinausgestürzt. Die Hundsmörderin achtete nicht auf sie, ritt, während sie das Gewehr wieder schulterte, mit zielendem Blick auf die Jurte zu, zu der der Rüde gehörte. Eine hagere, ältliche Frau stolperte heraus und blieb stehen, holzstarr. Dojnaa ritt sie um ein Haar um, brachte ihr Pferd unsanft zum Stehen und erhob sich ein wenig im Sattel.

Dein anderer Rüde war es, unglückliche Frau, sprach sie feierlich laut, der streunte und den ich bis vor die Schwelle des Ails der Drei Schwarzen verfolgen musste. Damit ihm aber nicht allzu hohe Ehre zuteil wird, nur dies: Ich habe seine Mühe, über Berge und Steppen zu gehen, um mich aufzuspüren, lediglich mit einer Ohrfeige belohnt. Und das ist wohl noch viel zu wenig, denn verdient hätte er für die Frechheit, die er im Sinne hatte, mindestens noch einen

Fußtritt in den Arsch. Wäre es mir gelungen, den Dieb, der einem Ail den Frieden stahl, auf der Flucht zu stellen, wer weiß, was noch passiert wäre! Selbst noch, als ich ihn bereits in seiner Festung wusste, musste ich unbedingt etwas tun, um dem Groll in mir die Schneide abzustumpfen!

Inzwischen waren die Menschen aus den anderen Jurten näher gerückt. Ihrem Beispiel waren auch die Hunde gefolgt. Doch war ihr Gebell jetzt sinnlos, denn sie hatten damit nichts mehr zu vermelden, und angreifen konnten sie auch nicht. Stattdessen ließen sie wieder und wieder Wasser und schickten zwischendurch ein angedeutetes, ohnmächtiges Geheul zum Himmel.

Dojnaa riss ihren durchdringenden Blick von der Frau los, die immer noch leb- und reglos dastand, und ließ ihn über die anderen schweifen.

Als Kind sah ich, fuhr sie dann mit einer veränderten Stimme fort, dem Schamanen Mögesch zu, der einen Hund verbluten ließ, um, wie es hieß, das Vergießen von Menschenblut zu verhindern. Das fiel mir wohl ein, als ich hier ankam, und daher das mit dem armen, unschuldigen Vieh. Doch es sollte auch einen anderen Sinn herauskehren: dass nämlich der, der glaubte seine unverbrauchte Geilheit an mir auslassen zu dürfen, wissen soll, was auf ihn wartet, sollte er, dieser zweibeinige Rüde, sich noch einmal erdreisten, bis zum Ail des Ergek zu streunen und meine und meiner Kinder Jurte zu betreten. Es wird ihm ähnlich ergehen wie seinem vierbeinigen Artgenossen da!

Die Hunde hatten die Sinnlosigkeit ihres Tuns erkannt, das Gebell war dünner und leiser geworden. Nun aber änderte es sich, schwoll wieder an. Schuld daran war erneut die

Fremde, denn ihre Stimme ging in die Höhe und nahm einen herausfordernden Klang an.

Und sollte einer meinen, erscholl es hell und klar, ich sei in Not, sei mannstoll, nur deswegen, weil ein Rüde mir weggelaufen, der irrt sich! Ein Mann ist im Ail, und was für einer!

Das schrie sie fast, mit einer solchen Wucht, als ob sie die Worte, Steinen gleich, aus sich herausbräche und gegen alle Winde schleuderte. Dann wendete sie das Pferd und gab ihm die Peitsche. Dieses machte einen Satz, streckte sich und flog dahin, ein heller Schatten. Die Hunde lärmten verdutzt auf, mussten gleich darauf wieder verstummen, denn sie stürzten sich dem Grund und Ziel ihres Grolls vergeblich hinterher. Die Reiterin wusste, der Schimmel würde die Köter nicht bis an sich heranlassen. Tatsächlich fielen die Verfolger immer weiter ab und gaben es schließlich auf. Da ritt sie langsamer.

Es war wieder ein gewaltiger Tag, oben ein klarer Himmel, unten eine stille Erde und dazwischen ein rotgelbes Wehen und Flattern, besser sichtbar für ein geschlossenes Auge. Die Sonne hatte gerade die Mittagshöhe erreicht, war dabei, sich in Funken abzusplittern und herunterzuregnen. Spritzer davon trafen sie fortwährend und berstende Strahlen mit glühenden, scharfen Spitzen drangen selbst durch die Kleidung bis in die Poren ihrer Haut. Dojnaa verspürte Kitzel und lächelte.

Ihr fiel ein, was sie heute Früh zu den Zurückbleibenden gesagt hatte. Sie sollten von ihr diesmal keine Beute erwarten. Aber gerade der heutige Tag erschien ihr nun so ertragreich. Der geile, feige Rüde hatte es nicht gewagt, den Bosheit und Falschheit bergenden Schädel aus seiner Höhle herauszustrecken. Die fetten, satten Mitglieder der Sippe der Drei Schwarzen waren dagestanden, unfähig, die Mäuler aufzusperren, schlotternde Säcke nur. Und man hatte endlich zeigen dürfen, wessen Kind man war und wen und was man auf seiner Seite hatte – war leibhaftig als Geist der Gerechtigkeit auf dem Reitross eines Ergek, dem Schimmel mit den Wolfsohren und der Sturmwolkenfarbe, in die fremde Schanze eingebrochen und hatte die angekündigte böse Kunde im Keim erstickt. Wenn das keine Beute war!

Da erhob sich wohl der Schatten der hochgegriffenen Gedanken. Noch einmal stürzte vor ihren Augen der Hund hin, diesmal um vieles langsamer und so erkennbar in allen Einzelheiten der Bewegung. Eine dunkelrote, fingerdicke Säule stieg aus der breiten Stirne hoch, während der Körper stockte, versagte und vornüber kippte. Die Säule erreichte die Ellenhöhe, stand einen Lidschlag lang still und verzweigte sich, um in etlichen verbogenen Armen zur Ausgangsstelle zurückzukehren und fiel dann plätschernd und klatschend auf die steinige Erde. Staubfeine, zischend heiße Blutspritzer kamen durch die Luft geweht und trafen einen an der nackten Haut. Die Jägerin, die in ihrem Leben so manches Blut vergossen und sich dabei nie davor geekelt hatte, musste sich schütteln. Darauf verspürte sie ein starkes Bedürfnis, sich zu waschen. Sogleich stieg sie vom Pferd, wusch sich mit Schnee ausgiebig Hände und Gesicht, spülte zum Schluss auch noch den Mund und spuckte aus. Mochten die Spuren der hässlichen Worte, die gesagt worden waren, damit beseitigt sein!

Doch lastete auf ihr immer noch etwas, während sie weiterritt. Es war der Mauserstutzen, aus dem der Tod auf den Rüden losgesprungen war. Wie lange sollte sie das Hundeblut darauf sitzen lassen? Wie konnte er gereinigt werden? Sie strengte ihr Hirn an und glaubte schließlich, ihm einen Gedanken abgeschält zu haben.

Später, unter einer erschöpften, blutfarbenen Sonne, inmitten roter Felswände und weißer Schneewälle pirschte sie an einen äsenden Schwarm von Ularhühnern heran. Sie lag, den Kopf eingezogen, das Mordwerkzeug unter den Arm geklemmt, flach am Boden, schlängelte sich schattenhaft vorwärts, war ganz Jägerin. Dabei fühlte sie sich unentwegt beobachtet. Es war die Wölfin. Sie stand unversehrt und springlebendig neben ihr am eisigen Nordhang einer Landschaft, die ihr irgendwie bekannt vorkam, aber nicht genau zu orten war. Mit einem Mal wusste sie, woher die Weisheit gekommen war, die sie erschreckt, nicht losgelassen und hierher getrieben hatte. Es hatte geheißen: Blut konnte einzig mit Blut verschreckt und vertilgt werden!

Galsan Tschinag

Galsan Tschinag, eigentlich Irgit Schynykbaj-oglu Dshurukawaa, kommt 1943 im Altai-Gebirge in der Westmongolei zur Welt. Seine Geburts- und Wohnstätte ist eine Jurte und seine erste Lehrerin eine Schamanin. Es sind die Gesänge und Epen seines Volkes und die Natur der Bergsteppe, die ihn prägen.

Nach Abschluss der Zehnklassenschule schlägt er ein Angebot, in Moskau zu studieren, aus und gerät 1962 nach Leipzig, wo er Deutsch lernt und und Germanistik studiert. Seitdem schreibt er unter anderem auf Deutsch; Erwin Strittmatter wird neben der Schamanin, die seine Sinne für die Dichtung und den Gesang schärft, zu seinem wichtigsten Lehrmeister.

1968 kehrt er in die Mongolei zurück und lehrt an der Universität in Ulaanbaatar Deutsch, bis er 1976 wegen »politischer Unzuverlässigkeit« mit einem Berufsverbot belegt wird. In den folgenden Jahren lebt er als Übersetzer und Journalist. 1981 erscheint in Ostberlin sein Erstlingsbuch, *Eine tuwinische Geschichte und andere Erzählungen,* in deutscher Sprache. 1991 wird die Titelgeschichte in der Mongolei verfilmt. Es entstehen in dichter Folge Erzählungen, Romane und Lyrikbände, vor allem in deutscher Sprache. 1992 erhält er den Adelbert-von-Chamisso-Preis, 1995 den Puchheimer Leserpreis und 2001 den Heimito-von-Doderer-Preis. 2002 wird ihm das Bundesverdienstkreuz verliehen. Seine Werke werden in über ein Dutzend Sprachen übersetzt.

1995 erfüllt sich Galsan Tschinag einen Traum: Über zweitausend Kilometer führt er die Tuwa-Nomaden, die in den Sechzigerjahren zum Teil zwangsumgesiedelt wurden, in die angestammte Heimat im Hohen Altai zurück.

Heute bemüht er sich um die Verwirklichung verschiedener kultureller und wirtschaftlicher Projekte, um dem Nomadentum das Überleben zu sichern.

Der Verein »Freunde des Altai e. V.«

»Dsud« nennen die Mongolen verheerende Naturkatastrophen, die während eines Menschenalters höchstens zwei-, dreimal vorkommen. Nun erleben die Hirtennomaden in den Jahren 2000 und 2001 hintereinander zwei Kältewinter. Millionen Tiere sind bereits verendet, die Nomaden sind in ihrer Existenz bedroht. Der Wechsel von der Planwirtschaft zur freien Marktwirtschaft hat zudem im letzten Jahrzent zu einem abrupten Wandel geführt. Der Verlust der traditionellen Strukturen zeichnet sich ab.

In dieser Situation hat eine Gruppe von Persönlichkeiten, darunter der Autor Galsan Tschinag und die Ethnologin Amélie Schenk, den Verein »Freunde des Altai e. V.« ins Leben gerufen.

Vorerst geht es darum, tatkräftig den Nomaden beizustehen, die um die Rettung ihrer Herden kämpfen. Der nächste Schritt ist, sich gemeinsam gegen die immer wiederkehrenden Naturkatastrophen zu rüsten. Und schließlich geht es um den Erhalt eines großen Lebensraumes und der Nomadenkultur – und um eine Brücke zwischen Ost und West, die Verständnis für die jeweils andere Lebensform wecken soll. Ein Begegnungszentrum in der Westmongolei ist im Aufbau, ebenso eine Lehr- und Lernstätte zur Wissensvermittlung und Weiterbildung. Ein Umschlagplatz für nomadische Handwerkserzeugnisse ist vorgesehen.

Der Verein ist für jegliche Unterstützung dankbar und hofft auf recht viele begeisterungsfähige Mitglieder.

Informationen durch:
Freunde des Altai e. V. *(www.freunde-des-altai.org)*
Postfach 10 18 09, D - 28018 Bremen
Tel. +49 (0)421-223 888 0, Fax +49 (0)421-223 888 3
Deutsche Bank, Konto: 53 40 40, BLZ 690 700 24

Galsan Tschinag im Unionsverlag

Das Ende des Liedes
Dombuk fühlt sich seit dem Tod der Mutter so verlassen wie ein verwaistes Fohlen – bis eines Tages Gulundschaa, die Jugendliebe des Vaters, ihre Jurte ganz in der Nähe aufstellt.

»Die Schönheit der Erzählung wächst aus der Kraft ihrer Bilder.« *Hark Bohm, Die Zeit*

Die Karawane
Galsan Tschinag erfüllte sich 1995 einen Traum: Über zweitausend Kilometer führt er einen Teil seines zwangsumgesiedelten Volkes zurück zu den Weideflächen und Jagdgebieten im Hohen Altai.

»Tschinags Karawane wird zum Inbegriff der menschlichen Suche nach Herkunft und Identität.« *Rüdiger Siebert, Lesart*

Tau und Gras
Tschinag erzählt hier die Geschichten, die der Stoff seiner Kindheit sind und die sich in seine Erinnerung eingegraben haben.

»Nur wenige Autoren haben die Gabe, den Leser so tief in ferne Kindheiten eintauchen zu lassen.« *Marc-André Podgornik, Neue Ruhr Zeitung*

Der Wolf und die Hündin
Ein Wolf und eine Hündin, die sich zusammengetan haben, werden von Jägern und von Schamanen verfolgt. Beide wissen, dass ihre Flucht im Himmel der Wölfe enden wird.

»Tschinag fasziniert mit einem Werk von archaischer Wucht und feiner Psychologie.« *Martin Oehlen, Kölner Stadt-Anzeiger*

Im Land der zornigen Winde mit Amélie Schenk
»Das Buch ist vieles zugleich: eine Liebeserklärung an das Nomadenleben in der Mongolei, ein Lesebuch mit Anekdoten, Aphorismen und Geschichten, vor allem aber die Inventarisierung der Sitten und Bräuche eines kleinen, vom Aussterben bedrohten Volkes.«
Marion Löhndorf, Neue Zürcher Zeitung

Bestellen Sie unseren kostenlosen Verlagsprospekt:
Unionsverlag, CH-8027 Zürich, mail@unionsverlag.ch

Der große Erzähler
Galsan Tschinag
im A1 Verlag

Eine tuwinische Geschichte

Erzählungen

112 Seiten, Broschur
ISBN 3-927743-19-4

Der siebzehnte Tag

Zwei Erzählungen

120 Seiten, Broschur
ISBN 3-927743-08-9

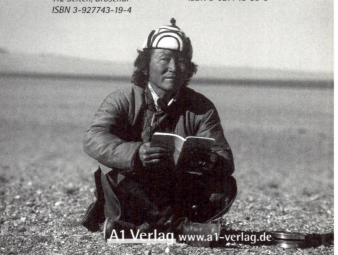

A1 Verlag www.a1-verlag.de